帝王決

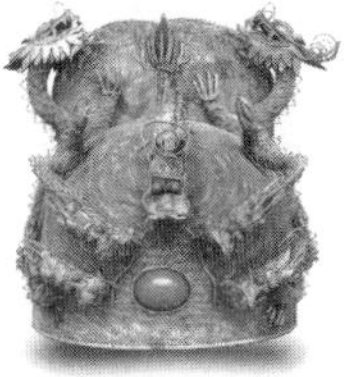

一

帝國出擊

水鵬程◎著

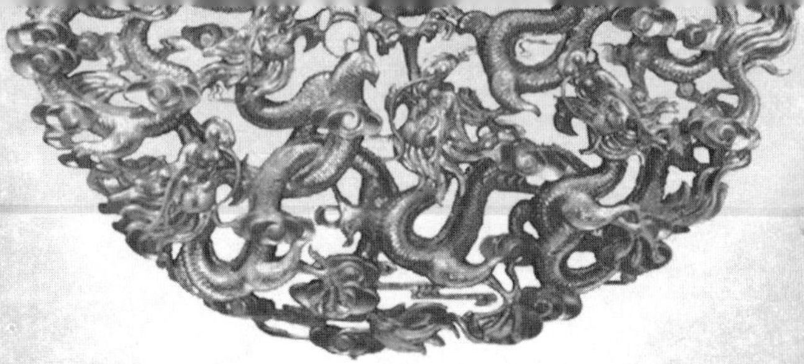

目錄 CONTENTS

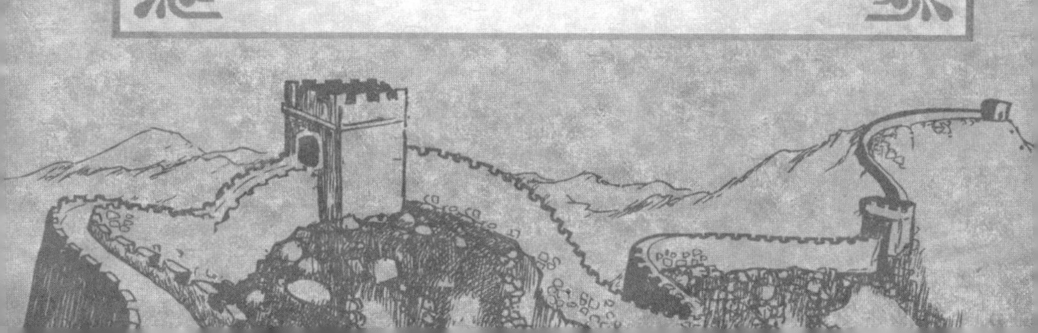

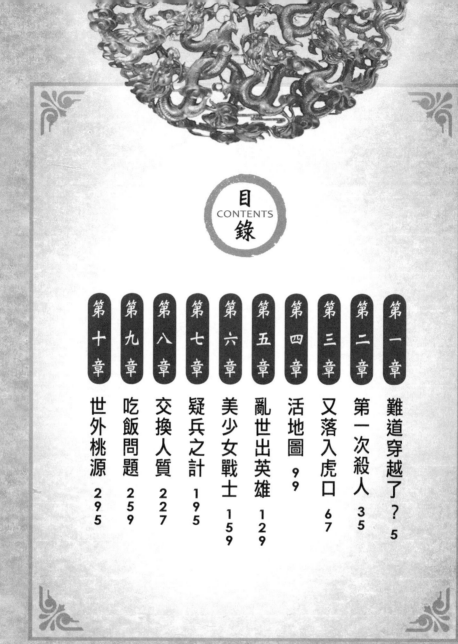

第一章

難道穿越了？

唐一明聽到「鮮卑胡虜」四個字，
確定了他現在所在的時代，正是五胡十六國時期。
大吃一驚，想道：「天啊，我怎麼會來到這個鳥時代啊？」
唐一明突然想起穿越這回事，猜測道：
「難道我穿越了？」

黃白色的是天空，紅黑色的是大地，一輪紅彤彤的斜陽，掛在西邊的空中，與紅如鮮血的晚霞遙相呼應。

幾隻剛剛飽食的肥碩烏鴉，繞著一棵已經枯朽的大樹飛了兩圈，落在凋零的枯枝上，用帶著殘餘血跡的利喙，漫不經心地梳理著羽毛，時不時發出幾聲淒慘的鳴叫。

狂風捲起無數的枯葉與泥沙，漫天塵土把太陽的光芒都掩蓋起來，隱隱地可以看到，在遠處有幾頭餓狼在徘徊，牠們因大量食用人肉而變得像鬼火的雙眼，帶著渴望，更有著一份期待……

鮮血幾乎浸透了平原上的每一寸土地，形成了一大片令人作嘔的暗紅色泥沼，無數殘缺不全的肢體、碎裂的頭顱與折斷的兵刃橫七豎八地散落在泥沼四周，猶如西域商人那大紅地毯上點綴的刺繡。

泥沼的中間，更是有著堆積如山的屍體。

十幾個穿著土黃色衣服，戴著甲片，纏著繃帶的人，從遠處的樹林裏走了過來。

他們的臉上沒有任何表情，十分的麻木，但是他們的眼睛裏卻透著一股犀利，一旦有個風吹草動，殺氣便會立刻籠罩全身。

他們是這個戰場上的勝利者，被鮮血染紅的綳帶上，透著他們身上堅韌不屈的錚錚鐵骨。

一個用碎布包紮著右眼的士兵走到了一堆屍體的前面，彎下腰，從血紅的泥沼裏撿起了一根完好的長戟，用力地揮動兩下後，將長戟插在地上，繼續在屍體堆裏翻找著有用的東西。

獨眼士兵的單薄衣甲上被鮮血染成了紅色，背上一處衣服的裂痕，依稀地可以看見向外翻著的傷口正在滲著血絲。

獨眼士兵推開了幾具屍體，從一個穿著和他一樣衣服的屍體身上揭下了一件胸甲，他看那件胸甲沒有多大損傷，便穿在自己身上。

一座矮小的屍山慢慢地蠕動著，一隻帶著血色的大手伸出來，獨眼士兵嚇了一跳，本能地低吼一聲，如惡狼的獨眼狠狠地盯著那隻帶血的手掌，同時迅速地將插在地上的長戟拔了出來，神情十分的緊張。

附近的士兵聽到同伴的低吼聲，就像聞到血腥味的餓狼，呼啦一聲圍了過來，齊刷刷地舉起手中的長戟，緊緊地盯著那蠕動的屍體堆，目光竟是如此的凌厲。

緊接著，一個渾身沾滿鮮血的人從屍山裏爬了出來，他的另一隻手裏還緊緊地握著一根完好的長戟。

那個人剛露出上身，還沒有來得及有任何動作，十幾道寒光從他的眼前閃過，長戟便頂住了那個人的身體。

那個人十分的緊張，站在那裏一動不動，抽搐的臉上留下了一絲驚恐。

「這……這……我，我是……你們，你們……」

由屍堆裏爬出來的那個人，驚懼地呼叫起來，但無法把一句話說完整。

「呼！」

十幾個士兵一起長長地呼出一口氣，收起了手中的長戟，畢恭畢敬地向那個人拜了一拜，同時叫道：「都尉大人！」

那個人搖晃著身體，努力地站了起來。他望了望周圍，聞到一股極其濃烈的血腥味。

他右臂上方的傷口劇烈地疼痛，頭部開始眩暈，幾乎無法站穩身體。

他拄著長戟，使自己能夠完全站立，低頭卻看見自己的胸甲上滿是鮮血，呈現出凝固的醬紫與流動的鮮紅，腹部上有一處輕微的刀傷，正在汩汩地向外湧出鮮血的泡沫。

一個胳膊上纏著紗布、身體瘦高的士兵從遠處的樹林邊走了過來，他一看見那個從屍山裏爬出來的人，便歡喜地叫道：「果真是你，原來你沒有死！」

那個都尉一臉的迷茫，有點不知所措：「我……我……這……這裏……」

就在這時，地面微微地顫動起來，滾雷般的馬蹄聲由遠而近，都尉抬頭望向聲音的來源，一團塵土自遠處地平線迅速靠近並且不斷地擴大，在陽光下反射出點點光芒。

一批穿著黑色戰甲的士兵，騎在一匹匹駿馬上，全身都被厚厚的鎧甲包裹著，加上頭盔的覆蓋，只露出了一點臉來，手裏都提著一根同樣鋒利的長槍。在騎兵隊伍的中間，是一面迎風飄蕩的黑色大旗，上面繡著一個扭曲的白色字體。

這批騎兵臉上露出了幾許猙獰，口中喊著嘰哩咕嚕的話，正以雄健的姿態向戰場挺來。

都尉看到這批騎兵，心裏被深深地震撼了，這支雄壯的騎兵，簡直可以用虎狼之師才可以形容。

他還來不及去細想自己為什麼會出現在這裏，便聽見他的背後同樣傳來鼎沸的叫喊聲：

「快撤！燕狗來了！」

瘦高的士兵喊了一聲，急忙和獨眼士兵一起架著那個都尉朝後面撤去。

都尉被那兩個士兵架著，轉身便看見一個十分彪悍的騎士。騎士雙眼深陷，臉容瘦乾，面色冷峻，臉的骨骼粗而結實，下巴寬而張開，肌肉飽滿，眉毛粗濃，耳厚口大，非常有男子氣概，給人一種威風凜凜的氣勢。

他頭戴金盔，身著金甲，背後披著一件大紅披風，右手持一柄精鋼雙刃長矛，長約一丈三尺，在火紅的晚霞下顯得寒光閃閃；左手則是持著一支銳利毒辣的鉤戟，長約一丈，比一般戟要短得多，在戟尖的右側有一支倒鉤，和月牙斜枝形成了鮮明的對比。

他的胯下是一匹巨大的紅色戰馬，修長而勁健的四肢上，條狀肌肉好似鋼筋鑄就一般，光滑而富有活力的皮膚鮮豔得如同地獄之火般熾烈，在狂風中隨風擺動的赤色鬃毛猶如萬條火蛇飛舞，驕傲地在陽光下燃燒著。

都尉看到這些，心裏不禁為之驚愕：「世上怎麼會有如此彪悍的人？」

只一瞬間，那個騎著如火一般鮮豔戰馬的騎士便從他身邊掠過，捲起一陣風沙，拍打在他的臉上。

騎士的身後跟著兩百多披著戰甲的騎兵，臉上的青筋暴起，一手提著馬韁，一手舉著長槍，瞪大了眼睛，高聲地喊著令人心血澎湃的話語：「殺！」

騎兵的後面緊跟著一隊隊叫喊的步兵，他們的表情如同那些騎兵一樣，眼神中充滿了十足的殺氣，猙獰的模樣，一點也不亞於都尉先前見到的黑甲騎兵。

部隊中間，一面淡藍色的旗幟逆風而揚，一個如同鮮血的扭曲字體繡在上面。

當所有的部隊和都尉擦肩而過時，一匹快馬來到他的身邊，馬上一個騎士用十分高亢的語氣喊道：「陛下有令！命你帶領所有傷兵留守此地，務必保護所有兄弟的安全！」

騎兵話一說完，調轉馬頭，便向前衝了過去。

都尉很是迷茫，他不知道這是怎麼回事：不久前，他還在將要坍塌的礦坑下指揮著工人進行疏散，一陣猛烈的晃動後，他便被壓在厚厚的煤土下面。

記憶中，他拼命地向外挖刨著煤土，當他好不容易才挖到外面時，他以為獲救了，誰想到他一露頭便站在這個不知名的戰場上。

都尉回過頭，看到土黃色的軍隊正在與數倍於它的黑色騎兵廝殺，土黃色軍隊在那個穿著金甲、騎著紅色寶馬的人的帶領下，在黑色騎兵的陣裏橫衝直撞。

一場浴血奮戰下來，那群打著黑底白字大旗、穿著黑色戰甲的騎兵已經退卻，藍底紅字大旗緊緊地追了出去，很快便駛出了地平線。

都尉不禁被這支少數的土黃色軍隊的戰鬥力所折服，他們以少數的步兵對付多數的騎兵，居然還能取得勝利，硬是將黑色的騎兵給打跑了。

大地，瞬間又恢復了平靜。

當都尉再次扭過頭時，他注意到樹林邊那裏零零散散地搭著些許帳篷，許多神情木訥的士兵靠在樹邊，露出了身上殘缺的白森森血骨，一些士兵胡亂地纏了一些布在傷口上，卻仍舊止不住向外冒出的血。

這些受傷的士兵臉上都沒有呈現出半點痛苦之色，他們望著遠處的地平線，眼睛裏充滿希冀，同時，都尉在他們的臉上還看到了一份堅強。

都尉被眼前所有的一切所震撼，在驚恐和彷徨中，他更加的不知所措。

「這絕對不是在拍電影！兩邊打仗的都是些什麼人？我又怎麼

會出現在這個鬼地方？」都尉心裏充滿了疑問。

他張開嘴，感到從乾裂的嘴唇上傳來的一絲痛楚，本來想問話，卻本能地喊出了：「水！給我水！」

瘦高士兵和獨眼士兵急忙把都尉架到樹林邊，瘦高士兵將他安全地放在地上後，便跑到一個帳篷裏端出了一碗清水遞給他。

他急忙接過清水，剛準備喝，卻看見了水的倒影裏面竟然出現一張十分陌生的面孔。

倒影裏依稀看見一張面部消瘦，濃眉大眼，方碩大口的臉龐。他感到十分的詫異，急忙眨了眨右眼，卻看見倒影裏的人居然也眨了眨右眼。

他將手裏的碗給摔在地上，一聲清脆的響聲傳了出來，引來周圍其他受傷的士兵的目光。

「這不是我！我他媽的到底在哪裡？」

都尉心裏發出了歇斯底里的呼喊，可話到嘴邊，卻感到嗓子陣陣的生疼，讓他無法喊出話來。

此時，他看見離開他的獨眼士兵從樹林裏走了出來，手裏拿著一捆白色的紗布，胡亂地給他受傷的部位纏了一下，疼痛佔據了他全身的感官，鮮血瞬間將紗布染成了紅色。

瘦高士兵見他摔碎了一個碗，便又走進帳篷，重新端出一碗水，十分開心地將水遞給他，並且高興地喊了出來：「都尉大人，你果真沒有死，真是太好了。」

他接過了那碗水。他想，喝下這碗水，潤潤喉嚨，也許能說出話來。

他咕咚咕咚地將水一口氣喝光了，然後舔了舔自己乾裂的嘴唇，看看眼前這個男子：瘦高士兵看起來在三十歲左右，面容消瘦，皮膚就如粗糙的青銅一樣，散發著金屬色光芒。他的兩隻手特別長，垂到膝蓋處。

過了一會兒，他才張開嘴巴，從嗓子眼裏試著喊出了一個「你」字。

他帶著疑惑說道：「你……這到底是什麼地方？」

「廉台！這裏是廉台，都尉大人！上次和燕狗衝鋒的時候，若不是大人替我擋了一刀，我早就死了。」瘦高士兵指著都尉胳膊上的傷口說道。

他的腦海裏對廉台、對這個瘦高士兵沒有一點印象，他努力地回想記憶中的事：

他叫唐一明，是一座煤礦的老闆。

他本來好好地坐在辦公室裏，後來接到一個緊急電話，說一會兒將有地震發生。他怕下面的人處理不好，會發生踩踏事件，於是親自跑下礦坑，指揮礦工疏散。

正當礦工快要疏散完時，地震發生了，而他沒有來得及跑出去，和幾個工人被同時埋在煤坑裏。

緊接著，煤礦發生了爆炸，他的身體只感覺到一陣晃動，再醒來的時候，便是現在的這個世界了。

肚皮上傳來陣陣的疼痛，將他的思緒重新帶回現實中。他低下頭看了看肚皮，白色的紗布貼著傷口，已經被血水滲出一道長長的血條。

唐一明看了一下自己的身體，黝黑的皮膚，大手大腳，胸肌、腹肌和手臂上的肌肉都盡皆展露了出來。他的身上有兩處傷口，一處是在右臂，一處是在肚皮上，但都不是致命的傷勢。

他定了定神，長長地吐出一口氣，看到眼前的瘦高士兵，艱澀地問道：「你剛才說『燕狗』？他們都是什麼人？你又叫什麼名字？」

「都尉大人！我叫黃大！」

瘦高士兵用一種極其疑惑的眼神看了看唐一明，見他頭上有著血絲，猜測他是被撞迷糊了，這才繼續說道：「都尉大人，燕狗就是和我們打仗的人！」

唐一明看到黃大的胳膊上纏著的紗布，已經全部被浸紅了，順著浸濕的紗布，鮮血滴在地上，他又看了看周圍的傷兵，見他們一個比一個傷得重，可是他們受了再重的傷也不喊痛，只是默默地承受著。

他的心裏不禁對這些傷兵肅然起敬，便轉過頭對黃大說道：

「黃大兄弟，我們和燕狗打了多久的仗？」

黃大掰了掰手指頭，數算著道：「回稟都尉大人，也就最近兩三年吧。」

「那……我們是哪一年出征打燕狗的？」唐一明問道。

黃大哈哈笑道：「都尉大人，這個我記得最清楚了，那年是陛下剛登基的時候，正好趕上好兆頭，每個人多發了兩天的糧食；可也是在那一年才開始和燕狗打仗的，是在大魏永興元年，今年是永興三年，不知不覺已經過了兩年啦！」

「大魏永興三年？這是什麼時間？」

唐一明腦中毫無概念「永興三年」是哪個朝代。他沉下心來，在腦海裏開始細細地分析，將以前學過的歷史稍微默默回想了一遍。

「魏國？歷史上叫魏國的有好幾個，對了，不是還有燕狗嗎，那一定就是燕國的軍隊。有燕也有魏，歷史上只有戰國時代和五胡十六國時期，我到底在哪個時代？」

想到這裏，唐一明繼續問道：「那些燕狗都是從哪裡來的？」

黃大恨恨地道：「可恨的燕狗，除了那些遼東的鮮卑胡虜，還會有誰？」

唐一明聽到「鮮卑胡虜」四個字，確定了他現在所在的時代，正是五胡十六國時期。

唐一明大吃一驚，心中默默想道：「三國以後，天下歸晉，歷經八王之亂，然後久居中國的匈奴、鮮卑、羯、氐、羌五胡趁勢並起，在北方大地上先後建立了十幾個國家，統稱為五胡十六國。這段時期是最混亂的時期，也是少數民族最活躍的時候，天啊，我怎麼會來到這個鳥時代啊？」

唐一明突然想起穿越這回事，於是，他十分大膽地猜測道：

「難道我穿越了？」

夕陽西下，落日的餘暉照在這片不大的樹林上，在一層暮色的籠罩下，一面繡著「魏」字的軍旗隨風擺動，發出了呼呼的響聲。

唐一明所在的地方就是魏軍在廉台的軍營，而他，竟然靈魂穿越到了一個魏軍都尉的身上，實在讓他匪夷所思。

此時，他才發現一個驚人的事實，他在現實中已經死了，至於他是怎麼來到這個世界的，就不得而知了。更糟的是，他熟悉三國、隋唐和明清這幾個朝代，對五胡亂華這段歷史卻很模糊，只有個大概的印象而已。

魏軍的傷兵們斜靠在樹林邊，有的待在帳篷邊，眼睛一動不動地盯著遠處的地平線，希望能夠看到他們的皇帝凱旋。

過了好一會兒，從地平線上零星地退下來幾個傷兵，他們穿過那片屍體堆積如山的血沼，朝著唐一明所在的樹林走來。

意識到自己穿越後的唐一明站了起來，他已經清楚了自己所在的大致年代，看到這些堅韌不屈而又強忍著疼痛的士兵，他彷彿看到自己礦上的工人一樣，心裏萌發出強烈的同情。

唐一明看到有傷兵退回來，強烈的同情心驅使著他迎了上去，將他們攙扶到營帳周圍，衝著獨眼士兵喊道：「你，快去拿點紗布來！」

「紗布？」獨眼士兵愣在那裏，一臉困惑地問道；「都尉大人，啥叫紗布？」

唐一明恍然大悟，紗布這個名詞在這個時代還沒有呢，便指了指自己腰上纏著的白色碎布，說道：「就是我身上纏著的這個！」

獨眼士兵「哦」了一聲，便急忙走進樹林裏。

唐一明看到這幾個退下來的傷兵身上全是血色，受傷的地方也各不相同，他攙扶著的那個士兵，胳膊上還插著一支長箭，長箭已經穿透了他的胳膊，正在滴著血，他不但沒有叫痛，倒顯得異常地興奮。

唐一明覺得這個士兵是個漢子，便多注意了一下。這個士兵約有三十多歲，身長八尺有餘，面目黝黑，左邊的臉上有著一道很深的刀疤，滿臉都是長而捲的鬍鬚。

黃大走了過來，看到唐一明攙扶的那個傷兵，便叫道：「李老四，前面戰事怎麼樣？」

李老四嘿嘿一笑，高興地說道：「陛下一馬當先，率先衝入了燕狗的陣中，緊接著，我們也跟著陛下衝了進去，殺得燕狗慌不擇路。現在燕狗已經向後撤退了，陛下帶著人馬追過去，讓我們幾個傷兵回來報信。」

「太好了！陛下又打勝仗了，那些燕狗根本不是陛下的對手！」黃大雙眼望著前方，歡快地拍了一下手，大聲地說道。

此時，獨眼士兵從樹林裏走了出來，手裏拿著一捆紗布，走到李老四的身邊，瞅了瞅，然後嘿嘿笑道：「李老四，這支箭把你的胳膊射穿了，你以後還怎麼拿戟？不能拿戟，你以後還怎麼上戰場？」

李老四瞪大了眼睛，嘴角邊兩撇捲捲的小鬍子突然翹了起來，左手將長戟插在地上，一撅而起，伸出左手抓住獨眼士兵的衣領，叫道：「怎麼？不服嗎？有本事，你也去給老子帶支箭回來！」

獨眼士兵呵呵笑道：「這箭一拔出來，我看你這條胳膊也該廢了吧？」

李老四聽到獨眼如此說，便來了氣，大吼一聲，臉上青筋暴起，鬆開獨眼士兵的衣領，伸手便要揮拳打在獨眼士兵的臉上。

李老四的那聲吼，倒是把在他身邊的唐一明嚇了一跳，黃大一見情況不妙，急忙拽住李老四的手，身子一擠，站在李老四和獨眼士兵的中間，朝李老四呵呵笑道：「李老四，你別生氣，我弟弟不懂事，冒犯了你的虎威，你消消氣吧！」

「你他娘的給老子閃開，今天老子不把他給廢了，老子以後就不姓李！」李老四使勁晃動著身體，卻始終無法掙脫黃大那如鉗子一樣的大手。

「黃二！還不快滾！看把你李四哥氣的！」黃大扭過頭，衝身後的那個獨眼士兵喊道。

獨眼的士兵叫黃二，是黃大的弟弟，不過，弟弟卻比哥哥身體強壯些，他的臉上沒有那麼多的滄桑，年紀也比黃大小好多歲，估計在二十三四歲左右。

黃二側過身子，將手裏的紗布搖了搖，對李老四說道：「你先讓我大哥幫你把箭拔出來吧，我去給別人包紮去。」

「黃二！你他娘的別跑，等老子把你的另一隻眼也給廢了！」李老四仍舊大喊大叫。

「消消氣！老四，等打完這一仗，我把我的那一份糧食都給你！怎麼樣？」黃大雙眼彎成了一眉新月，笑呵呵地衝李老四說道。

「你他娘的說的都是真的嗎？」李老四一聽到糧食，立刻停止了嚎叫。

黃大見李老四已經壓住了心裏的怒火，便鬆開李老四的手臂，點了點頭，說道：「君子一言，八馬難追！」

「是四匹馬，不是八匹馬，我聽陛下親口說的。」黃二在黃大背後淡淡地說道。

「管他幾匹馬，反正你的糧食歸我了！」李老四一屁股坐在地上，臉上喜悅地說道。

黃二沒有吭聲，轉身走到和李老四一起退下來的幾個傷兵那裏，扯開一段紗布，剛準備給那個腿上受傷的士兵包紮，卻被唐一明給叫住了：「不行！你這樣簡單的包紮太隨便了，根本起不到什麼作用。」

唐一明走到黃二的身邊，一把從黃二的手中奪過了那捆紗布。

「都尉大人，不這樣弄，那該怎麼弄？」黃二一臉疑惑地問道。

唐一明看到有不少蒲公英隨風飄過，便對黃二說道：「你去弄些蒲公英來，就是天空中飄的這個！然後架鍋，加點水，如果有鹽的話，在鍋裏放點鹽，一起把蒲公英放進鍋裏煮，等水煮得差不多了，冷上一冷，將所有受重傷士兵的傷口都給清洗一下。」

黃二愣在那裏，不解地問道：「都尉大人，熬這蒲公英做什麼用？」

「消毒用的！你快照我的吩咐去做！把紗布給我！」唐一明衝黃二喊道。

唐一明有次去爬山，不小心摔傷了，胳膊上留下一道長長的劃痕。那時候，他身上什麼應急的藥都沒有，就簡單地包紮了，結果導致發炎，到醫院住了好幾天才出院。

唐一明便向醫生詢問一些關於野外消毒殺菌的方法，最簡單的就是用蒲公英，因為蒲公英是一種中藥，本身有解毒的作用；不僅如此，蒲公英還有許多種吃法，是藥食類裏不錯的美味。

唐一明手裏拿著紗布，蹲下來把紗布做成繃帶，然後給躺在地上的那個腿部受傷的士兵纏上。

那個士兵沒有見過這樣的纏法，好奇地道：「都尉大人，這種纏法，怎麼我以前從來沒有見過呢？」

唐一明呵呵笑道：「這是我的獨門秘法。」

那個士兵「哦」了一聲，便沒再吭聲，咬緊牙關，任由唐一明給他纏著繃帶。

唐一明見那個士兵最多不過十八九歲，面目還算俊朗，只是臉上還有些未脫去的稚嫩之氣，他不覺想到了自己的弟弟，看著眼前這個士兵，眼神裏充滿了關懷。

唐一明二十八歲，母親生下弟弟後沒多久就死了，父親也在他二十歲的時候去世了。父親死的時候，弟弟才十一歲，兩人相依為命。後來，他用父親留下的錢買股票，大賺了一筆，便用那筆錢買了座煤礦，當起小老闆。

地震當天，是他弟弟的生日，本來他答應弟弟，晚上回去給他過生日的，可是現在，他永遠都回不去了。

唐一明輕輕地嘆了口氣，看看自己現在的身體，強壯又黝黑，是個充滿活力的年輕軀體，年齡絕不超過二十歲。

「我來到這裏，不知道是好還是壞？哎！既來之則安之。可是，在這個亂世，我又該怎麼好好地度過這次的新生呢？」

唐一明一邊給那個士兵纏繃帶，一邊在心裏默默地想著。

唐一明纏好繃帶，將繃帶打了個結，伸出手，在那個士兵的臉上輕輕地撫摸了一下，親切地問道：「疼嗎？」
那個士兵搖搖頭，咬緊牙齒，從牙縫裏迸出一句話：「都尉大人，一點都不疼，真的。」
唐一明怕那個士兵承受不了疼痛，苦笑一下，問道：「你看我有多大？」
那個士兵看了看唐一明，見唐一明臉形消瘦，眉宇間透著一股攝人的氣息，猜道：「都尉，你的年紀應該在二十歲左右吧？」
「你猜對了，我今年二十……歲。」唐一明笑了笑，他本來想說實際的年齡，可是話到嘴邊，卻成了二十歲。
他緊接著問道：「對了，你叫什麼名字？」
士兵答道：「回都尉大人話，我姓劉，在家裏排行老三，人人都叫我劉三。」
唐一明舉起手中的紗布，笑呵呵地道：「劉三，我教你這樣打繃帶，你和我一起去給受傷的兄弟換一下繃帶好嗎？」
劉三十分歡喜地說道：「嗯，大人的話就是命令！」
於是，唐一明當著劉三的面，將繃帶打了兩遍，劉三看得一知

半解的，經過反覆幾次的實際操作後才學會。

唐一明將手中的紗布分出一部分，交給劉三，讓劉三負責周圍的幾個傷兵。他轉過身子，看到黃大正在給李老四拔箭，李老四的臉色鐵青，額頭上冒著虛汗，他看著十分不忍，便急忙走了過去，準備給李老四纏上繃帶。

他走到李老四身邊，蹲下來，看著那支貫穿李老四胳膊的長箭。長箭的箭頭呈菱形，鋒利細小，菱形的下面還掛著一些倒刺。只見黃大用力掰斷長箭的尾部，然後將李老四的胳膊轉了個彎，張開嘴，用牙齒咬住箭頭，將頭用力一甩，那支貫穿李老四胳膊的箭便被拔了出來。

李老四緊緊地咬著牙，喊都沒喊，一股鮮血從李老四的胳膊上噴了出來，灑了唐一明一臉。

唐一明顧不上抹去自己臉上的鮮血，急忙將準備好的繃帶纏在李老四的右臂上，打了個結，眼神中充滿了哀傷，說道：「先給你包紮一下，一會兒消毒水熬好了，再給你的傷口消毒殺菌。」

李老四臉上煞白，聽到唐一明說著他不明白的話，心裏十分的感激，卻說不出話，只好衝唐一明笑了笑，然後平靜地躺在地上，雙眼迷茫地看著黃昏的天空。

唐一明走到其他士兵面前，和劉三一起將所有受輕傷的士兵給纏上繃帶。受傷的士兵心裏對唐一明都充滿了感激。唐一明也趁這個機會教會不少士兵纏繃帶。

不一會兒，熬好的消毒水涼了，唐一明吩咐黃二、黃大、劉三，和自己一起將受重傷的士兵的傷口清洗一遍，然後再給他們纏上繃帶。

夕陽西下，雲霞漫天。

唐一明和所有的傷兵打掃完戰場，從那裏撿來一些可以用的兵器和戰甲，並且將死去的兄弟給埋了。忙完這些，便坐在營帳邊的地上，望著前方戰場的地平線，眼睛裏充滿著期待。

「看看這鳥地方，再看看這些傷兵……老天啊，你為什麼那麼無情，既然讓我穿越，為什麼不讓我穿越到一個大富翁或者皇帝、王爺這一類人的身上？竟然一穿越就受傷，你個賊老天，怎麼沒有一點良心！」

唐一明心裏憤憤不平地大聲罵道。

罵歸罵，可是不管唐一明再怎麼罵，老天也是無法聽到的。他也只能在牢騷中漸漸地消停下來，尋思著該怎麼去度過這樣的新生活。

等到夜幕快要拉下的時候，跌跌撞撞跑過來一個士兵，他的胳膊上還插著一支貫穿的箭矢。唐一明急忙和黃大一起迎了上去，將那個士兵架回樹林。

「水！水！給我水！」士兵全身軟弱無力，努力喊出一句話。

劉三急忙遞過來一個水袋，士兵接過水袋，「咕咚咕咚」地一通狂飲。

「前面戰事怎麼樣？陛下是不是又勝利了？」黃大十分緊張地問道。

那個士兵緩了緩氣，一臉喜悅地答道：「陛下帶著部隊，一路狂追燕狗，燕狗邊戰邊退，我們一共和燕狗進行了七次戰鬥，我軍七戰七捷。」

「陛下萬歲！」

不知道是誰最先喊出這一聲，接著便響起了此起彼伏的聲音。

唐一明看到那些受傷的士兵非常振奮，想起了看到的那個彪悍的騎士，那個騎士應該就是他們的皇帝。在這些士兵的心中，他們的陛下，就是他們的精神支柱。

黃大用同樣的方法拔出那個士兵胳膊上貫穿的箭矢，唐一明用準備好的消毒水給那個士兵洗了洗傷口，然後迅速地將綳帶纏上，將那個人送到後面的營帳裏休息。

夜幕漸漸地拉了下來，唐一明和其他士兵一起坐在那裏，等候著前線的消息。期間，唐一明和士兵們聊了聊，知道了一些情況。

魏國的皇帝叫冉閔，是個漢人。唐一明不禁有點詫異，在這個五胡亂華的時代，除了南方的東晉以外，北方居然還有漢人建立的國家！

魏國的國都在鄴城，從這裏一路向南，經過常山郡、巨鹿郡，便可直達鄴城。連年的征戰，讓本來富饒的冀州變得荒涼，壯丁也都被抓去充軍。

聽黃大說，這些留下的傷兵都是乞活軍，除了魏國皇帝帶領的騎兵部隊，他們便是整個大魏首屈一指的王牌軍隊，作戰能力極其強大。

黃大說，他們十天前在跟燕狗打仗的時候，在皇帝的帶領下，只出動了五千步軍，便打敗燕狗的四萬騎兵，而且還是正面交鋒。

唐一明聽完這些，對乞活軍的戰鬥能力感到非常的詫異，對冉閔也生出了敬佩之情。但是，他也隨之輕輕地嘆了口氣，心中想道：「乞活，顧名思義，亂世中乞求活命自保也，其悲壯淒慘情形可見一斑；乞活者的軍隊，成了這個時代的最強音符。」

第二章

第一次殺人

「就是現在！開始行動！」唐一明喊道，
同時，將手中的長戟從小官的喉嚨裏拔出來，
鮮血直接噴了唐一明一臉。
這是唐一明第一次殺人，看到小官倒在地上後，
身體還抽搐了幾下，唐一明「啊」的一聲大叫。

入夜後，一群野狼開始四處遊蕩，穿梭在軍營前的戰場上，那些堆積如山的燕軍士兵的屍體，足夠牠們盡情享用的了。

樹林邊，唐一明和所有士兵坐在地上，眼睛犀利地注視著屍體堆裏的野狼。

夜，竟是如此的靜。

「都尉大人，你家在哪裡啊？」黃大的聲音打破了夜的寂靜，他坐在唐一明身邊，隨口問了句。

唐一明苦笑道：「家？我的家在很遙遠的地方，我這輩子是回不去了。對了，你的家在哪裡？」

黃大的臉上洋溢起喜悅，有點苦中作樂地說道：

「都尉大人，我的家在中原，從我爺爺那一輩，我們家就開始打仗了，拖家帶口的到了冀州，我爺爺戰死了，就由我爹頂替我爺爺的位置繼續打仗。後來，我爹也死了，我就和我弟弟一起參加軍隊，繼續打仗。呵呵，我們家可算是軍人之家了。」

唐一明也笑了笑，可是心裏卻高興不起來，因為戰亂，很多和黃大一樣的人都被捲了進來。乞活軍，就是一支乞討活下去的軍隊，能在亂世乞討並且得到吃食的方法，也就只有參加軍隊了。只要給口吃的，上面的人讓他們打誰，他們就打誰，從來不問為什麼，也不會有爵位，只是為了生存。

「你想家嗎？」唐一明問道。

黃大呵呵笑道：「都尉大人，不瞞你，我從出生到現在，還一直沒有去過我老家呢。自打我爺爺那輩開始，我們家裏的人就一直在冀州一帶。不過，我倒是很想看看中原是什麼樣子。」

唐一明嘆了口氣，自言自語地說道：「如果沒有戰爭，那該多好啊！」

「是啊都尉大人，你說得沒有錯，要是沒有戰爭的話，我們也不用打仗了；這種刀口舔血的日子，我都快過膩味了。我弟弟瞎了一隻眼，以後要是討老婆的話，肯定很困難。」黃大黯然地說道。

唐一明聽黃大說起他弟弟，便朝左邊看了一眼，黃二不知怎麼的，竟然和李老四坐在了一起，白天還要打要殺的，現在居然如此安靜。他們的眼睛直勾勾地望著前面戰場上的幾隻野狼，臉上沒有一點表情。

「咕嚕嚕！」

黃大捂了捂肚子，衝著唐一明笑了笑，說道：「都尉大人，我的肚子開始叫了，你餓不餓？」

唐一明點點頭，沒有說話。因為他早已徹底檢查過了，軍營裏一粒糧食都沒有，只有水。

黃大眼裏露出一絲興奮的光芒，直勾勾地盯著屍體堆裏正在啃噬人肉的野狼，對唐一明說道：「都尉，你在這裏等著，我去弄點美味的肉來。」

黃大說完，沒有等唐一明回答，便站了起來，向黃二、李老四喊了聲：「你們跟我來，咱們去弄點吃的。」

唐一明見黃大、黃二、李老四還有另外十幾個人，他們的手裏拿著長戟，一起朝前面的戰場上走去，漸漸地消失在夜色中。看得出來，黃大、黃二、李老四在這些人裏算是個小頭目，至少別的士兵對他們顯得很尊敬。

黃大等人走了沒多久，唐一明便聽見黑暗的夜裏傳來幾聲野狼的嚎叫，然後便是一群人的呼喊。

唐一明沒有理會那些事，仰面躺在草地上，看著夜空中的點點繁星，把「冉閔」這個名字默默地在心裏念了許多遍，他似乎在哪裡看見過這個名字。

一絲記憶在唐一明的腦海裏迅速地閃過，他記了起來，那個下「殺胡令」的冉閔。

他在一本書中曾經看過關於冉閔的記載：冉閔在下達殺胡令後不久，鄴城周圍乃至整個冀州都開始變得荒涼。田地的荒蕪直接導致了糧食的匱乏，冉閔便開始率領軍隊向北搜索，搶奪胡人的糧食，見到胡人更是痛下殺手。

後來，佔有優勢兵力的燕軍開始進攻冉閔，冉閔以不到一萬的軍隊，與燕軍進行了多次交戰，粉碎了燕軍的進攻。最後，冉閔由於寡不敵眾，又缺少後勤，導致他所帶領的軍隊全軍覆沒。再後來，大勝的燕軍滾滾南下，長驅直入，魏國徹底滅亡。

記起這些模糊的歷史，唐一明不禁驚呆了，他所在的地方就是戰場，而他所在的軍隊，正是魏國的軍隊。一旦燕軍消滅了前方的部隊，他們肯定會衝過來，那他不是也要跟著一起死嗎？

唐一明不甘心，他不甘心剛靈魂附體，便要面臨這樣的滅頂之災。

當他看到身邊這麼多為了生存而被迫打仗的士兵，更加地多了一份憂傷，內心裏燃起一種強烈的欲望，一種求生的欲望。

邊上這些身經百戰的悍卒，他們的勇氣早已經超越了死亡的恐懼，他們如果就這樣白白地死去，實在是太沒有價值了。

「不！上天讓我來到這裏，不是為了屈辱地死去！不是為了看到無數的漢族祖先被野蠻地屠殺……不管如何，我必須改變這一切，不管是為了自己，還是為了這個民族，這個國家……」

在思想的劇烈交鋒中，唐一明漸漸地堅定了自己的信心，決心要靠自己的智慧來改變這個世界，結束這些戰亂，給所有的人一個穩定的社會。

這些野蠻的胡人就算再怎麼強大，也趕不上擁有著幾千年文化積澱的漢人，他們現在的活躍，無非是漢人給他們製造的契機。如果，當一個強大的漢民族所建立的帝國重新崛起在這片大地上，野蠻的胡人還會有這個機會嗎？

最重要的是，自己來了，只要這次自己能帶著這些百戰餘生的強兵逃出生天，憑著自己的見識，加上這個時代最強悍的軍隊，就算最後不能改變歷史，也要再掀起一次屠胡的浪潮，再殺他個三五百萬的蠻胡又何妨？

唐一明有了這種雄心壯志後，便將它深深地埋藏在心裏，因為現在他所面臨的，是如何把這些人從這裏帶走。

「不行，我得想個辦法，必須把他們帶走！」唐一明心裏十分堅定地說道。

此時，黃大等人回來了，兩個人扛著一根長戟，長戟上還綁著一隻野狼。

黃大十分高興地對唐一明喊道：「都尉，你看，我們今天晚上有吃的了。」

「有吃的了？」

唐一明這才知道他們是去打獵去了，看到這些即將到口的食物，他的心裏一動，淡淡地道，「對，就用這個藉口！」

黃大他們打到了十隻野狼，當夜便將野狼給扒了皮，然後挖空內臟，放在鍋裏煮。煮熟後，將狼肉和湯平均地分到每一個傷兵的碗裏，唐一明飽飽地吃了頓美餐。

「真沒有想到，這野狼的肉竟然是如此的鮮美。」唐一明吃完狼肉後，心裏美滋滋地說道。

吃完狼肉後，他們休息了一整夜。

這一夜，唐一明也開始慢慢地計畫著明天該怎麼用這個藉口，來勸說他們跟自己一起撤離。

第二天一早，一輪驕陽從東方的天空升了起來，照在乞活軍簡易的軍營裏。

唐一明把這五百六十三個士兵全部聚集在一起，十分憂鬱地說道：「兄弟們，咱們昨天吃了一頓飽飽的狼肉，咱們是吃飽了，可是在前線打仗的陛下，不知道是否能夠吃上一頓飽飯，如果陛下連飯都吃不飽了，他們又拿什麼打仗！」

士兵們聽到唐一明的話，互相看了看，然後微微地點頭。

「都尉大人，你說該怎麼辦？」李老四問道。

唐一明見這番說辭果然引得他們上鉤了，便繼續說道：「我們不能老是在這裏待著，咱們雖然是傷兵，可不是廢人，總得幹點什麼吧！再說，咱們現在別說吃飯了，就是喝點湯都難，所以，咱們得到四處去搶點糧食，為了我們，也為了陛下！你們認為如何？」

「搶糧？這一帶差不多都荒蕪了，能跑的都跑了，跑不了也被迫參軍了，我們又怎麼會搶得到糧食？」李老四聽到唐一明說的話，有點不以為然地說道。

唐一明想想也是，他剛到這裏，對這裏的情況還不是十分熟悉，搶糧只是一個藉口，但要把這個藉口說得如同真實，他還需要一些地理上的常識，於是，唐一明緊接著問道：「有地圖嗎？我要看看去什麼地方搶！」

「有，我這裏剛好有一張地圖！」黃大從懷裏掏出一張羊皮，遞給唐一明。

唐一明接過那張地圖，打開一看，上面的地形繪製得亂七八糟的，而且還有一股極其濃烈的汗臭味。

唐一明將那張地圖左翻翻右看看，實在找不到東西南北，跟現代的地圖比，簡直相差十萬八千里，他只瞅了幾眼便喊道：「黃大！這是什麼鳥地圖啊，誰給你的？看都看不清楚！」

黃大拿過地圖，攤在地上，笑呵呵地對唐一明說道：「都尉大人，這是我爺爺那時候繪製的，每走過一個地方，他就會把這個地方繪到地圖上去。我爺爺死後，便給了我爹，我爹死了，便給了我。不過，我一點都沒有添加，因為我走過的路都被他們給畫上去了，我還從未走出過冀州。」

唐一明「嗯」地點了下頭，低頭看著地圖，問道：「你快說，哪裡是東西南北？我們現在在哪裡，離這裏最近的村莊又在哪裡？」

黃大指著地圖緩緩地說道：「都尉大人，這裏是廉台，我們在這兒，廉台是個村莊，屬於安喜縣……」

唐一明順著黃大說的地方，目光從安喜縣朝下看去，下面是常山，然後是巨鹿、廣宗、廣平、邯鄲，再往下是鄴城。

當他看到鄴城的時候，急忙將目光移開了，他不想去那裏，因為那裏將會發生人吃人的慘況。

他將目光移到右下角黃大所說的高唐，那裏臨近黃河，他想渡過黃河到中原去，離開這個是非之地。

黃大將地圖解釋了一番，唐一明將這些地名牢牢地記在了心裏。

唐一明略微凝思了一會兒，然後說道：「你們現在都去準備準備，為了以防萬一，都帶上武器和盾牌，咱們現在就去搶糧去。」

「都尉大人，我還是那句話，這裏都已經荒無人煙了，我們到哪裡去搶糧？」李老四捂著右臂上的傷口，面色蒼白地說道。

唐一明手托著下巴，見其他人跟李老四一樣，對他並不是十分相信，便指著地圖上一個圈過的點說：「這裏，咱們到這裏去搶糧。」

黃大朝地圖上看了一眼，哈哈笑道：「都尉大人，你可看仔細了，那裏是常山，是我們的後方，我們還用去搶？」

唐一明一怔，魏國的國境到底有多大，他的心裏根本就沒有概念，他隨便指了個地方，只是為了給自己找個藉口而已。此時聽到黃大說常山是自己的後方，便哈哈笑道：「既然是咱們的後方，那搞糧食就容易多了。咱們去搞到糧食，然後迅速地回來，這樣的話，還能給陛下送上糧食。」

黃大聽唐一明說得在理，便問道：「都尉大人，所有人都去嗎？」

唐一明點點頭，說道：「當然，你們都跟我走！一個都別留下！」

「我不去！」一個斷了腿的士兵躺在地上，厲聲說道。

唐一明走到他身邊，彎下腰，輕輕地彈了彈那個士兵身上的泥土，問道：「你為什麼不去？」

斷腿的士兵說道：「你看我的腿！還能走路嗎？」

「我也不去，我的兩條腿都斷了，跟著你們，只會拖累你們，還不如留下來，靜靜地等候你們的歸來。」另一個斷了雙腿的士兵說道。

一個靠在樹邊斷了一條胳膊和一條腿的士兵說道：「都尉大人，我也不去了！」

一時間，受了重傷而不能行走的士兵都紛紛喊說不去。

唐一明心裏明白，如果少了這些傷兵的拖累，他的突圍計畫成功的可能性肯定很高，但他不願意放棄這些兄弟。

他狠狠地咬了咬牙，大聲說道：「放屁！我絕不會放棄任何一個兄弟，以前不會，現在不會，以後更不會!!」

「可是……都尉大人，我們……我們實在是走不了，如果強行離開，只會拖累你們……」一個大腿被長矛刺穿的傷兵，抹了一把通紅的雙眼，悲憤地道。

「夠了！」

唐一明猛地一擺手，制止還想說話的其他傷兵，目光冷冽地在他們身上掃過，隨即重重地哼了聲：「哼！誰說你們走不了，我說行，那就行！」

如何帶走傷兵，唐一明已經有了準備，在眾人還沒有反應過來的時候，他走到樹林裏，拿出一副擔架，扔在地上，對黃大和黃二喊道：「大黃、小黃，你們過來一下！」

黃大和黃二還站在原地，和其他士兵一樣左顧右盼，似乎在尋找著什麼人。

唐一明走到黃大和黃二的身邊，拍了拍他們，說道：「還看！不知道我是在叫你們兩個嗎？」

黃大抗議道：「都尉大人，我叫黃大，不叫大黃！」

「我也不叫小黃，我叫黃二！」黃二急忙接話。

唐一明道：「你兄弟兩個，一個大，一個小，叫什麼都一樣。你們過來，把他抬到擔架上！」

黃大和黃二按照唐一明的吩咐，將那個斷腿的人抬到擔架上，然後將擔架抬了起來。

唐一明指著被抬起的重傷士兵說道：「看見了嗎？你們的心思我明白，不過，你們別怕，這點小事難不倒我！只要多做一些像這樣的擔架，運送重傷的人也十分的輕鬆。何況，你們如果留下來，無法行動，一旦遇到偷襲的燕狗，那你們就成了任人烹殺的羔羊；就算來一隻野狼，你們也無法應付。與其在這裏那樣死去，還不如跟我一起走，搞到糧食了還可以飽飽地吃上一頓。」

另一個斷胳膊的士兵說道：「都尉，我擔心的不是這個，是陛下和前線的將士！萬一還有傷兵回來，找不到我們怎麼辦？」

唐一明的臉突然變得很猙獰，厲聲說道：「陛下百戰百勝，勇猛無匹，當今世上無人能敵，就算在百萬軍中，砍掉敵將的首級也如同探囊取物，你有什麼好擔心的？至於有傷兵回來，那更好辦了，他們一回來，就能吃到我們做的食物，既抵擋了饑餓，又補充了體力，有什麼不好的！從現在起，我們所有的人都要緊密地聯繫在一起，要生死與共！絕不拋棄任何一個人，也不會放棄任何一個人！不拋棄，不放棄，這就是我現在要做的，我是絕對不會丟下任何一個人的！」

這番話一說出口，每個士兵的心中都被深深地烙上了「不拋棄，不放棄」的影子，唐一明的距離也好像一下子和他們拉近了許多。

黃大的心頭更是無比的震撼，他的腦海中記起了被「唐一明」救了的畫面。那一刻，「唐一明」所表現出來的，正是那種寧願捨去自己生命，也不願放棄任何一個兄弟的精神。

黃大一激動，便將手臂高高地舉到頭頂，大聲喊道：

「不拋棄，不放棄！」

「不拋棄，不放棄！」

「不拋棄，不放棄」的口號在每一個士兵的口中傳遞著，鼓舞著每一個人，也使得所有人在此時緊緊地聯繫在一起。

所有的重傷士兵都同意跟著唐一明去弄糧食，唐一明便吩咐人砍些樹幹，然後拆掉一些帳篷，用這些材料做成了擔架。

一共五百六十三個士兵，受重傷不能行走的有一百三十六人，有兩百二十七人勉強可以走路，剩下的兩百人便肩負著抬擔架的重任。

他們帶上兵器、盾牌，又從燕狗的屍體堆裏找了一些護甲穿上，這才離開樹林，朝南走去。

唐一明領著這群傷兵，行動起來十分緩慢，走了將近一個小時，才好不容易看見一個村莊。

不過，由於連年的戰爭，能跑的人早就跑了，沒有跑掉的，或淪為奴隸，或被迫參軍，村莊早已空無一人。

短暫的休息過後，唐一明認為不能盲目的走，這裏四處無人，又是平原，萬一碰上偷襲的燕軍，想躲都躲不了。他決定派出兩個體力較好又有偵查經驗的人來充當斥候。

「都尉，這事就交給我和李老四來辦吧！」黃大自告奮勇地說。

唐一明見李老四點頭，便同意了，並囑咐道：「你們一路朝南，要是遇到安全的村莊，就用長戟在村口的地上畫一個圓形；要是遇到敵軍的話，就趕快退回來。來，這是地圖！」

黃大擺手說道：「都尉，地圖已經在我心中，這上面的路我都走遍了，用不著地圖，你留著吧。」

唐一明道：「那好，你們千萬要小心啊！」

黃大和李老四走了，臨走前，黃大特別囑咐黃二，讓他好好保護唐一明。

唐一明和餘下的人又歇息了一會兒，這才繼續前行，沿著地圖上標識的村莊一路向前。當他們每到達一個村莊的時候，都會在村口看見黃大和李老四留下的安全符號。

正午時分，唐一明和傷軍停在趙家溝，他們已經進入常山地界，可是沿途所看見的，都是無人的村莊、荒蕪的田地。那種荒涼的景象，深深地觸動了唐一明的內心。

在亂世，或許只有所有的戰爭都結束了，老百姓才能安定地過上好日子。唐一明也深知這一點，但是要結束戰爭談何容易，他從現代穿越到古代，得到了新生，可以再繼續新的生命，可是這些人並非都同他一樣那麼幸運。

看到他們受苦受難，他埋在心裏的那種豪氣和俠義之心便湧了上來。他不禁嘆了口氣，萌發了如何在這個亂世解救更多老百姓的想法。

唐一明靠牆坐在地上，將身上的紗布拿了下來，看了眼傷口，然後又咬緊牙把紗布做成繃帶，自己替自己纏了上去。

「我發誓，以後再也不會讓任何人傷到我了。」唐一明心裏默默地念道。

「都尉，我們是不是跑得太遠了點？」劉三見唐一明坐在地上，便走過去問道。

唐一明看了看其他士兵，他們的眼神都和劉三一個樣子，對他充滿了疑惑和不解，於是他站起來，大聲地說道：「不搞到糧食，我們絕不回去！只要搞到夠幾千人馬吃的糧食，咱們就立即回去！」

劉三和其他的士兵聽到唐一明這句話，覺得他是在為陛下著想，都沒再說什麼了。

歇息了將近半個小時，當他們準備啟程的時候，卻看見李老四回來了。

李老四一見到唐一明，便大口大口地喘著氣，十分緊張地說道：「都尉，前面……前面有條小河，河上有一座浮橋，橋的對岸大概有兩百多個燕狗的騎兵。黃大躲在河邊的樹林裏，讓我回來報信，問都尉該怎麼辦？」

唐一明略加思索了一下，說道：「這裏是個村莊，多少也算個歇腳點，可是這裏的目標太大，萬一遇到燕狗的騎兵，咱們不好對付。準備一下，咱們先躲進黃大所在的樹林裏，然後再想辦法越過那座橋。」

在李老四的帶領下，唐一明和所有人悄悄地溜進了河邊的那片樹林。

唐一明命令傷兵們原地休息，他走到黃大身邊，看了一眼樹林前的河，問道：「大黃，前面的情況怎麼樣？」

黃大指著河上架著的浮橋，說道：「都尉，你看，有兩百多個燕狗守在這裏，還在那裏搭起了帳篷，看來是準備長期守衛在這裏，如果無法穿過那座橋，我們就無法前行了。」

唐一明皺起眉頭，看了看身後的兵，能打仗的，也就那兩百人，可這兩百人都是傷兵，又加上急行了一上午，已經疲憊不堪了，又如何對付這些燕軍騎兵呢？

「不就才兩百多人嗎？怕他個鳥！我們乾脆直接衝過去，殺他個片甲不留！」李老四從唐一明和黃大的身後走了出來，自信地叫道。

唐一明急忙道：「不行！那浮橋窄小，我們還沒有到浮橋邊便會被敵人發現，根本無法渡過浮橋，得想個辦法！」

不經意間，他看見一個士兵身上穿著的戰甲，是從燕軍的屍體上扒下來的，他注意了一下其他士兵，穿著這種戰甲的大概有個五六十人，他靈機一動，「哈哈」笑了聲，說道：「有了！我們在這裏等到天黑，天黑以後，我自有辦法讓我們渡過這座浮橋。」

到了夜晚，有幾個受重傷的士兵已經無法支撐了，他們忍著全身的傷痛，還忍受著饑餓，已經到了奄奄一息的地步。

唐一明見他們在垂死掙扎，便急忙走過去，眼神中透露著關切，輕輕地在他們耳邊說道：「兄弟，再堅持一會兒，一會兒就可以過河了，那邊有吃的有喝的，可千萬要挺住啊！」

唐一明讓黃二拿過一個水袋，親自將水餵給這幾個奄奄一息的傷兵。

一個人剛喝了口水，便咳了起來，將喝進去的水又給吐了出來，水裡還帶著濃濃的血色。唐一明看著這些寧死也不喊叫一聲的士兵，心中對他們充滿了敬佩之情，眼睛也不由得濕潤了起來。

唐一明用手擦去那個人嘴邊的血絲，安慰道：「兄弟，你放心，我一定會帶你們找到吃的，一定把你們從死神的手裏解救出來。」

那個人沒有說話，蒼白的臉上露出一絲淡淡的微笑，伸出手，緊緊地握住唐一明的手，那種力道，是對他的信任。

唐一明又照看了其他的傷兵一會兒，不知不覺天色黑了下來。他看到這些傷兵睡著了，嘴上還帶著淡淡的笑容，似乎在做著好夢。

唐一明站了起來，走到黃大那裏。黃大一直在樹林邊觀察著燕軍的騎兵。

「怎麼樣？燕軍可有什麼規律？」唐一明問道。

黃大臉上十分的凝重，搖搖頭，道：「都尉，你的辦法可行嗎？」

唐一明伸出手，拍了拍黃大的肩膀，笑道：「相信我，也相信你自己，這片大地上，沒有我們做不到的事！」

黃大鄭重地點了點頭，對唐一明道：「都尉，我們已經準備好了，什麼時候出發？」

唐一明道：「去把他們都叫過來！」

黃大應了聲，叫來五十個身材魁梧的大漢，每個人的身上都反穿著衣服，披著燕軍的黑色戰甲，手裏握著長戟，這種模樣，在黑夜裏真讓人無法辨認到底是燕軍還是魏軍。

這就是唐一明的計策，他命人將燕軍的戰甲給收集來，挑選了五十個身經百戰的漢子，準備趁著夜色不辨，混到對面燕軍的軍營裏。

李老四顯得十分彆扭，問道：「都尉，你讓我們穿成這副模樣，到底想幹什麼啊？」

「奇襲！」唐一明不動聲色地說，然後將計畫說了出來。

李老四聽完，一臉喜悅，伸手朝唐一明的肩膀上重重地拍了一下，大聲道：「都尉，你他娘還真有點頭腦，這樣的事你居然也想得出來！哈哈哈！」

唐一明掃了一眼，看到劉三，便對劉三說道：「劉三，你留下，看守這裏，等我們衝過去打敗燕狗了，你就帶著所有人迅速渡過浮橋。」

劉三不情願地道：「都尉，我能打仗，你留下其他人吧，讓我跟你一起去！」

「不行！從現在起，你們都要聽我的號令，我的話就是軍令！

你留下！」唐一明用極其嚴厲的聲音說道。

他這聲喊，震懾了所有的人，他們一路上和唐一明有說有笑的，沒有一點上下之分，到了這節骨眼上，唐一明擔心他們如果還像在路上的時候一樣，萬一有人出了紕漏，估計還沒有走到地方，就被敵人給射死了，所以他必須先立下軍威。此時，唐一明活脫脫是一個指揮著千軍萬馬的將軍一樣，威風凜凜。

劉三無奈，答應了一聲，便退出隊列，站在傷兵身邊，一臉的怨色。

其實唐一明是覺得他年紀小，五十個人中，都是在三十歲左右的壯年，只有劉三還不到二十歲；他看到劉三，就像看到自己的弟弟，對劉三也就特別地關心。

「對了，你們誰會說燕狗的話？」唐一明想到過了浮橋肯定會被燕兵問話，燕兵又是鮮卑人，所以要先找個通鮮卑話的人，以防萬一。

「都尉，我會說！」

從漢子中擠出一個人，在黑暗中看不清那人的具體容貌，只聽到他操著一口和所有人都不一樣的口音。

「你叫什麼名字？」唐一明問。

那個人回答道：「我叫胡燕！」

唐一明一怔，記得聽黃大說起過他，他是久居幽州的漢人，在那裏生活了很久，後來從燕國所統治的幽州逃了出來，加入這支軍隊。只是因為他一口燕地的話，而且還通鮮卑語，所以在軍隊裏一直不怎麼受歡迎，他也一直裝啞巴；不過，黃大和胡燕倒是挺要好的兄弟。

唐一明道：「嗯，你一會兒和我站在一起，一旦聽到對方喊話，你就回答，千萬不能暴露我們的身分，知道嗎？」

胡燕重重地點了點頭。

夜，沒有月亮，天空中繁星點點，有一點微風。

河對岸的燕軍生起一堆篝火，篝火上還烤著白天打來的野豬，喝著身上帶的小酒，歡天喜地地聊著天。

馬匹都拴在定馬樁上，馬兒正低頭吃著地上的野草。還有一些燕軍士兵躺在帳篷裏，已經呼呼大睡了。

突然，幾個燕兵聽見從對岸傳來一陣急促的腳步聲，他們立即放下手中的酒囊，拿起身邊的武器。

黑暗中，看不清楚對岸的情況，只隱約看見幾十個裹著繃帶的傷兵散亂地跑過來。

燕兵看見一面繡著白色扭曲的「燕」字大旗在夜空中飄揚，立時放鬆了警惕，大聲地朝對面的「燕軍」嘰裏咕嚕地喊了幾句話，然後哈哈大笑了起來。

河對面的「燕軍」正是唐一明帶領的那撥傷軍，那面「燕」字大旗，是唐一明在離開戰場時扯下來的，當時他只是為了以防萬一，沒想到在這裏派上了用場。

唐一明和其他士兵一樣，根本聽不懂他們在說什麼。

胡燕小聲地對唐一明翻譯著：「都尉，他們在問我們話，問我們是不是去搶女人了，還說冀州的女人性子比遼東的還烈，是不是沒有搶到女人反被女人給打傷了。我該怎麼回答？」

唐一明和所有士兵聽了都十分憤怒，但是為了能夠達到奇襲的效果，也只能強忍下來。

唐一明皺了皺眉頭，對胡燕說道：「你告訴他們，說冀州不只女人的性子烈，男人的性子更烈，我們是被冀州的男人捉姦在床然後被打成這樣的，問他們要不要嘗試一下冀州的女人！」

胡燕當即把唐一明的話給翻譯出去，幾個燕兵聽了，一邊擺手，一邊哈哈大笑；此時，唐一明他們已經到了浮橋邊，趁著燕兵大笑之際，快速地衝過了浮橋。

燕兵見那撥「燕軍」跑得如此快，不禁吃了一驚，待映著火光時，才看清楚這群人反穿著乞活軍的服裝。

幾個燕兵大吃一驚，剛握緊手中的長槍，便被最先衝在前面的黃大、黃二和李老四給刺穿了喉嚨，鮮血濺到三個人的臉上，那幾個燕兵連喊都沒有喊出來，便一命嗚呼了。

李老四突然「哈哈哈」地笑了出來，唐一明急忙上前捂住李老四的嘴，小聲地嚴厲斥責說：「你不要命啦！快點將屍體圍起來！」

乞活軍的其他士兵急忙站成兩列，將死去燕兵的屍體遮擋得嚴嚴實實的。

浮橋邊的一聲笑聲，引來幾個篝火邊的燕軍士兵注意，他們看到幾十個「燕兵」守衛在浮橋邊，一臉喜悅地朝他們招了招手，於是，篝火邊的燕軍士兵又開始大吃大喝起來，說著讓人聽不懂的話語。

唐一明站在眾人中間，看到剛剛還活生生站在他面前的燕兵，此刻便成了一具具死屍，心中有點不忍；可被迫無奈，這時候，不是你死就是我亡，這就是戰爭的殘酷，容不得半點寬容。

他定了定神，小聲地對士兵們說道：「留下兩個人守在這裏，其他人跟我一起到軍營裏。你們一定要冷靜，千萬不能被人看出來有半點不對勁！」

其他人都點點頭，於是留下兩個人，將燕兵屍體上的盔甲和有用的東西給拿下來，接著把屍體推入河中。

唐一明和另外四十七個士兵一起邁著穩健的步子，朝燕軍軍營裏走了過去。篝火邊的燕軍士兵沒有半點警惕，只管吃喝，也沒有人去注意這幾十個「燕兵」。

唐一明順利地進入營地，看到不少人在帳篷裏睡覺，便小聲對周圍的人說道：「一會兒胡燕領著兩個人放火，其他人衝到篝火邊，將那些燕狗統統殺掉。」

唐一明的話音剛落，從他前面的一個帳篷裏走出一個身穿重鎧的人，看樣子，應該是個燕軍的小官。

那個燕軍小官眼睛突然睜得很大，一眼看見李老四臉上的鮮血以及他們身上反穿的軍裝，那個小官剛張開口準備呼喊，唐一明便已經衝到他跟前，舉起手中的長戟刺進那個小官的喉嚨。

那個燕軍小官的臉上滿是猙獰，雙手緊緊抓著唐一明的肩膀，眼神裏充滿對唐一明的怨恨，那種表情，唐一明這輩子都無法忘記。

「就是現在！開始行動！」

唐一明回過頭大聲喊道，同時，將手中的長戟從小官的喉嚨裏拔出來，鮮血直接噴了唐一明一臉。

這是唐一明第一次殺人，看到小官倒在地上後，身體還抽搐了幾下，然後雙手捂著自己的脖子非常的痛苦。唐一明「啊」的一聲大叫，怕小官會弄出動靜來，便用長戟狠狠地刺在小官的身體上。

「死去吧！」唐一明大聲喊著，手中的長戟不斷地在那個小官的身體上進進出出，就像發瘋了一樣。

黃大和其餘士兵衝向篝火邊，篝火邊的士兵還沒有反應過來，便被殺死了大半。其餘的燕兵嚇了一跳，怎麼也想不到會有人闖進來，急忙從地上爬了起來，準備反擊。黃大他們此時盡顯勇猛，以一當十，一陣混戰過後，燕軍便被這夥如狼似虎的傷軍殺死了。

慘叫聲吵醒了正在帳篷裏睡覺的燕兵，他們睜開眼睛，看見自己身在火海之中，急忙向外跑去，卻被堵在門口的乞活軍士兵給殺死。

最後剩下幾個燕兵沒敢交戰，急忙騎著馬火速逃走了。

第三章

又落入虎口

「唐都尉，外面是不是有很多燕兵？
要是燕軍攻進來了怎麼辦？
這才逃出狼窩，又落入了虎口啦。」
王凱畢竟不是軍人，沒有軍人的那種鎮定。
「虎口？就算是虎口，我們也要拔下幾顆虎牙來！」
唐一明豪邁地道。

戰鬥，就這樣結束了。

唐一明還在用手中的長戟刺著地上的那個燕軍小官，小官的屍體已經被他刺得如同馬蜂窩一樣，黃大急忙走過來，看到唐一明發瘋一樣的動作，和他第一次殺人時差不多，便高聲叫道：「都尉！他已經死了！」

可是，叫聲沒有一點用，唐一明還在重複著同樣的動作。

李老四從側面直接撲了過來，將唐一明撲倒在地，揮起左手，朝唐一明的臉狠狠地打了一巴掌！

唐一明感到臉上隱隱生疼，火辣辣的，一下子回過神時，看見李老四騎在他的身上，不解地問道：「李老四，你騎在我身上幹什麼？」

李老四站了起來，伸出手將唐一明給拉起來，什麼也沒說。

黃大走到唐一明的身邊，說道：「都尉！我們死了十五個兄弟，殺了差不多兩百二十個燕狗！」

「我剛才是怎麼了？」唐一明問。

「沒什麼！剛才都尉殺了燕狗一個都尉，呵呵！」黃大含糊以對。

河對岸的劉三看見對面失火，便急忙帶著人，抬著重傷的士兵向浮橋狂奔，不一會兒渡過浮橋時，戰鬥早已結束了。

唐一明看到帳篷火光沖天，急忙命所有人將食物收集起來，分給士兵吃喝，並且下令將大火撲滅，以免引起不必要的麻煩。

這次奇襲，魏軍的傷兵以陣亡十五人的代價殺死了兩百多燕兵。而且還繳獲不少馬匹、食物和酒，士兵們對唐一明的指揮十分佩服，都誇他是個當將軍的料。

唐一明簡單地吃過野豬肉後，便讓士兵牽著馬匹，將重的東西放在馬背上，然後將擔架用繩子固定在兩匹馬的背上，這樣兩匹馬便可以馱著三個橫躺著的傷兵，也不用其他的士兵再吃力了。

唐一明剛帶人做完這些，便聽見一陣雜亂的馬蹄聲，從他們剛闖過來的河對岸來了不少燕軍。

「劉三！帶著人繼續向前走！剛才參戰的都留下，迅速到浮橋邊去！」唐一明大聲喊道。

唐一明拿著長戟和盾牌，與自告奮勇留下來的二十九個士兵組成了一個小形方陣。

「都尉，你不走嗎？」劉三問道。

「不用管我，不毀掉這座橋，我們都很危險，你快點帶著他們走。」唐一明衝劉三吼道。

「都尉，你們一定要跟上啊！」

劉三一扭頭，留下三十匹戰馬，便帶著傷兵快速向南而去。唐一明他們則以最快的速度堵在浮橋邊，等待著那些騎兵的到來。

月亮不知不覺地從雲層中爬了出來，將大地照亮。

燕軍騎兵到了對面的橋邊停了下來，看到窄小的橋面和對岸嚴陣以待的乞活軍士兵，不敢貿然前進，便排成一個長長的陣形，開始挽弓射箭。

劉三帶著傷兵走遠了，橋邊三十名士兵蹲下身子，將盾牌斜罩在自己身上。無數支帶著極大衝擊力的箭矢落在唐一明和魏軍士兵的盾牌上，他們能感受得到那種力道，手臂被震得微微發麻。

唐一明糊裏糊塗地加入到這場本不該屬於他的戰爭裏，但是他不後悔，有的只是一種憤怒。

三通箭矢射過，唐一明和留下來的士兵都聽到了馬蹄踏在木橋上的聲音；透過盾牌和盾牌之間的縫隙，唐一明看到了三匹高頭大馬，牠們並排前行，馬背上是三名騎士，他們將長弓斜背在身上，手中提著一柄彎刀，在月色的映照下，顯得森寒不已。

唐一明看到三個燕軍騎兵以雄健的步伐向前踏來，馬蹄踏在浮橋上的聲音，一聲一聲震懾著他的心靈。他本能地向後側了側，但是轉眼看見戰友們十分冷靜，臉上更充滿了自信，這才定了定神，將身體又向前挪了挪。

「都尉，他們臨近了！」黃大輕聲說道。

唐一明透過縫隙，看到後面並沒有跟著其他士兵，這三個騎兵肯定是來試探敵情的。

唐一明沒有當過兵，也不懂該用什麼戰術，便對周圍的人說道：「平常你們怎麼打，今天還怎麼打！黃大，這次由你指揮！」

黃大沒有吭聲，卻聽到馬蹄聲正在一步步逼近。突然，黃大「殺」的大喊，他和黃二、李老四和第一排另外一個士兵站了起來，用盾牌揮向馬頭，長戟隨手而出，刺穿了三名燕軍的騎兵。

唐一明一時沒有反應過來，沒有站起來。五聲弦響，五支長箭從對岸飛了過來。

唐一明感到自己的聽覺特別的靈敏，夾雜著河水潺潺的聲音，他居然還能聽見如此清晰的弓弦響聲，也許這正是他所附身的這個身體的優勢。

「有暗箭！」唐一明大叫一聲。

黃大等人急忙回盾擋箭，卻見與黃大一起站起來的那個士兵的盾牌才舉到一半，長箭便射在了他的心窩裏，身體向邊上一側，便倒在橋面上了。

「媽的！」李老四狠狠地罵了一聲。

唐一明沒有想到燕軍會如此卑鄙，竟然用人命來換他們的人命。

從第二排又湧上來一名士兵，將缺口給補齊了。

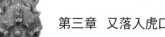

「不行，我們得儘快把橋給毀了，這樣才能萬無一失！」唐一明對周圍的士兵說道。

黃二沒有說話，突然拿著盾牌衝了出去，他用長戟刺向那三匹駿馬，駿馬一被刺痛，便發出長嘶，掉頭便向回跑，發瘋似地衝向橋對面的燕軍。然後，他從死去的燕軍騎兵手裏抽出兩把刀，才又退了回來。

那三匹發瘋的駿馬沒有給燕軍造成多大的威脅，他們分開隊伍，讓出了一條道，駿馬便順著那條道衝了出去。

「都尉，我們手中都是長戟，砍斷木橋比較困難，有了這兩把刀，我們就可以輕鬆地砍斷橋面了。」黃二將刀交給唐一明，自己拿著另外一把。

「現在對岸一定有不少弓箭手在瞄準我們，只要我們一露出身體，肯定會被射穿。黃二，你怕嗎？」唐一明道。

黃二搖搖頭，對唐一明道：「如果怕的話，我也就不會瞎一隻眼了！」

唐一明讚道：「好樣的，那你和我分開站在兩邊，用力將橋面砍斷！」

「不行！不能讓都尉犯險，你還要帶領我們呢！李老四，你和我一起砍！」黃二道。

李老四從唐一明的手裏將刀奪了過去，然後舉著盾牌，迅速地挪到橋邊，將盾牌背在背上，開始用力地砍橋面上的木樁。黃二也學他將盾牌背在背上，開始揮著刀用力地砍。

他們兩個人剛一站起來，唐一明便聽見弓弦的響聲，然後幾聲悶響，箭支如雨般射在他們背上的盾牌上。

弓弦聲停止時，橋面上湧來黑壓壓一片的馬匹，他們四個人一排，手中揮著明晃晃的彎刀，露出凶神惡煞的模樣，從橋對面走來。

「大家向前點，好掩護黃二和李老四。」唐一明見已經到了這種地步，便對身邊的士兵下令道。

唐一明、黃大和另外三名士兵向前挪動，也到了橋上，斜架著盾牌，看著臨近的燕軍騎兵。

「篤篤」的聲音在四周響起，黃二和李老四渾然不顧危險，奮力揮刀砍著橋面的木樁。

又是幾聲弦響，隨後便聽見李老四「啊」的一聲大叫，一支長箭射進他的小腿。李老四扶著木樁，忍著疼痛又站了起來，繼續揮動著手中的鋼刀，不把木樁砍斷，他誓不甘休。

兩米！「篤篤」的聲音還在響著。

一米！「篤篤」的聲音仍然沒有間斷。

半米！唐一明和所有士兵一樣，都屏住了呼吸。

「殺！」

唐一明突然打開盾牌，將手中的長戟用力地刺向馬上的燕兵，一時間，第一排燕軍的騎兵死了，可馬匹卻留在那裏擋住了後面前進的腳步。

就在這時，從燕軍的騎兵隊伍裏，一個人突然從馬背上跳了出來，揮動著手中的彎刀便衝了上來；與此同時，那個人身後的騎兵也都下了馬，提著彎刀向前衝刺。

唐一明見那個人身穿厚重鎧甲，頭上戴著鋼盔，與燕軍大有不同，判斷應該是個將軍之類的官，見他來勢洶洶，後面的士兵又跟著他猛衝過來，心中一橫，決心殺掉那個燕軍的將軍。

燕軍的將軍直接撲了過來，朝著黃大一頓猛砍，逼得黃大只能用盾牌招架，毫無還手的空隙。燕軍的士兵也衝了上來，唐一明感到一股熱血直沖大腦，大叫一聲，舉著盾牌便撞了上去。

那個燕軍將軍被撞倒在橋欄邊，差點仰翻過去，急忙抓住橋欄，這才立定身子，看到橋下滾滾流淌的河水，心中餘悸猶存。

就在這時，一道寒光閃過，唐一明趁著燕軍將軍露出破綻，便將長戟刺入那將軍的體內，然後又猛烈地撞擊了一下，將那將軍撞入河中，將軍立時被河水沖跑了。

唐一明滿臉血污，瞪大眼睛，將長戟橫在胸前，大聲喊道：

「還有誰？」

這一聲吼，聲如巨雷，震懾著浮橋兩邊所有人的鼓膜。

唐一明青筋暴起，面部猙獰，加上一臉血污，在皎潔的月光下，顯出了十足的霸氣。那些燕兵見將軍被他一戟刺死，心中很是膽怯，不敢向前，停在當場。

此時橋面上除了唐一明五人外，還有四十匹馬和四十名燕軍騎兵一起在橋面上，橋也許是承受不了那麼多重量，開始搖晃起來。

「喀喇」一聲，浮橋的一邊開始晃動，幾欲墜落。

橋面上所有人都開始搖晃起來。

「都尉！快撤，橋要斷了！」黃二大聲喊道。

唐一明和四個士兵剛回到地面上，便又聽見「喀喇」一聲巨響，橋兩邊的木樁便斷裂開來。

木樁一斷，橋面便墜入河裏，幾十個燕軍騎兵沒來得及退回地面，便被湍急的河水瞬間給吞沒了。

李老四此時暈了過去，唐一明急忙走過去，冒著箭雨，將他背在背上，然後和士兵一起騎著留下來的馬匹向南撤走。

這一次，他們有驚無險，留下河對岸的燕軍騎兵站在那裏乾著急。

士兵們見到唐一明的霸氣，不由得對他心裏生出幾分敬畏。就連唐一明自己也不敢相信，他剛才衝動的一撞，力道居然有那麼大；而且當長戟刺入燕將的一瞬間，他感到自己似乎對殺人有一種天生的本能反應。

唐一明跳上馬，覺得自己翻身上馬的動作十分嫺熟，馬跑起來後，他在馬背上沒有感受到半點顛簸，身體反而很協調地和馬的動作起伏一致，唐一明很是訝異，自己連馬都沒有騎過，怎麼會如此嫻熟？他又看了看自己的身體，方才恍然大悟。

「難道這副身體以前是個彪悍的勇士嗎？」聯想起在浮橋那裏做過的一切，他心裏泛起了嘀咕。

約莫狂奔了七里地，唐一明便追上了劉三他們，幾人匯合在一起，暫時停了下來。

「都尉大人！從這裏向南，便是常山了。」黃大驅馬來到唐一明身邊，稟報道。

唐一明回頭看了看馬背上馱著的重傷士兵，道：「我們先休息一下吧，我怕他們經受不了如此顛簸，對他們的傷勢也很不利。」

黃大點點頭，衝後面的傷兵隊伍喊道：「都尉有令！全體停下來休息！」

在唐一明心中，自己儼然成為一個真正的都尉了。

唐一明環視一下四周，見他們身處在一片荒蕪的田地上，不遠處有一片不大的林子，便指著那片林子說道：「走！都到那邊去，我們在這裏太暴露了，到樹林裏可以隱蔽些。」

於是，幾百人向著樹林裏走去。

進了樹林，大夥兒把重傷的士兵從馬背上抬下來，然後輕輕地放在地面上，取出一些水分給大家喝。

唐一明靠著樹，緩緩地閉上眼睛，他的臉上露出滿意的笑容，總算把那些傷兵給帶出來了。

「都尉！李老四醒了！」胡燕跑到唐一明的身邊，歡喜地說道。

「哦！」唐一明睜開眼睛，急忙和胡燕一起走過去。

李老四躺在地上，面色十分蒼白，眼睛卻依然炯炯有神，他看了看自己小腿上的長箭，不禁大罵道：「這些死燕狗，天天好吃好喝的，射出來的箭怎麼沒有一點力道？」

唐一明聽到李老四的話，看了看李老四受傷的部位，臉色凝重起來。

那支長箭深深地插到李老四小腿上的肉裏，可是這箭卻沒有射穿，唐一明先前見過燕軍的箭矢，箭頭都帶有倒刺，射穿的箭還容易拔掉，可是這種深嵌在肉裏的箭取出來就有點麻煩了。

「老四，你挺住，我一會兒給你拔出來！」黃大伸出雙手，用力掰斷了長箭的尾部。

「不能拔！不開刀把箭頭取出來，這樣硬生生地拔，肯定會鉤掉許多肉來，那你的小腿也就完了；萬一發炎，更是麻煩。」唐一明急忙阻止道。

李老四、黃大、胡燕三人疑惑地看著唐一明，問道：「開刀？怎麼開？」

唐一明一時也解釋不清楚，便對黃大說道：「你去問問小黃，我讓他帶上的消毒水還有沒有？」

黃大應了一聲，便離開了。

「都尉！你以前是不是幹過軍醫啊？」李老四問。

唐一明支吾其詞道：「軍醫？我沒有做過，不過我正在嘗試，哈哈哈……」

李老四追問道：「都尉，那你以前是幹什麼的？」

「我？我以前是做生意的，手下也有幾百號人。你以前是做什麼的？」唐一明問。

「我是殺豬的，不過，後來轉行，改殺人了。」李老四誠實地答道。

唐一明笑了笑，此時，黃大拿著一個水袋走了過來，將水袋遞給唐一明，道：「都尉，這是你要的消毒水。」

唐一明接過水袋，覺得輕飄飄的，搖了搖，問：「還有嗎？」

黃大道：「沒有了，我弟弟說就剩下這點了。」

唐一明嘆了口氣，對黃大道：「有匕首嗎？」

黃大從腰裏掏出一把匕首，遞給唐一明，唐一明將匕首抽出來，只見寒光一閃，一把鋒利無比的尖刃便展現了出來。

「嗯，這把匕首不錯，很鋒利，很適合開刀。大黃，你怎麼會有如此鋒利的匕首？」唐一明問。

黃大嘿嘿笑道：「前天打仗的時候，我殺了一個燕狗的將軍，在他身上找到這把匕首。都尉，你要是喜歡的話，就拿去吧。」

「嘿嘿，不用，這是你的戰利品，是你的東西。我不能要；不過，我也希望以後能碰上一個大一點的燕狗將軍，也弄點戰利品來。」唐一明道。

胡燕聽了說道：「都尉，剛才浮橋上有一個，他手中的刀就不錯，只可惜你把他給撞到河裏去了。」

唐一明握著匕首，對李老四說道：「老四，我現在要給你開刀，把你的肉給挑開，然後把箭頭一點一點的給弄出來。這裏的條件十分有限，沒有麻醉劑，會非常地疼，你能忍受得住嗎？」

「開吧！不把燕狗這鬼東西弄出來，老子的腿永遠也好不了。老子的右臂差點就廢了，不能再讓腿有什麼閃失，不然以後我還怎麼打仗，怎麼拿糧食？都尉！你儘管開刀，就算割掉一塊肉，我眉頭也不會皺一下！」李老四大聲喊道。

唐一明被李老四這幾句話給震撼了，目光略顯遲疑，沒有立即下手。

李老四瞪大了眼睛，衝唐一明喊道：「都尉！你他娘的要還是個漢子，就快點下手！別婆婆媽媽，跟個娘們兒似的！」

唐一明心一橫，劃開了李老四的褲腿，露出他受傷的小腿來，他的小腿已經腫了，鮮血從傷口那裏不斷地向外滲出。

「你要忍住了！」唐一明說完，便用鋒利的匕首在李老四腿上劃開了一道口子。

「嗯……」李老四咬緊牙關，臉上青筋暴起，面色更顯得蒼白無比。

唐一明用匕首一點一點地劃開傷口周圍的肉，最後用尖刃插了進去，挑開箭頭，一點一點地向外挑著。

李老四的雙手緊緊地抓著地上的泥土，一直在使勁地顫抖，豆大的汗珠滲了出來。

唐一明不敢看李老四，他怕自己一看他的表情就不忍心再下手：又過了幾分鐘，唐一明才順利地將箭頭從李老四的腿裏剜了出來。然後他急忙用消毒水清洗傷口，最後用準備好的繃帶給李老四受傷的小腿纏起來。

唐一明完成這些動作，這才敢看李老四，只見他身體很虛弱，臉上露出一絲淡淡的笑容，左手從地上抓起那個箭頭，緊緊地拽在手裏，然後便暈了過去。

唐一明吐了口氣，伸手摸了摸李老四的額頭，沒有感到頭上發熱，這才真正地放鬆下來。

「胡燕，你留下來照顧李老四，他一醒過來就立刻叫我！」唐一明對身邊的胡燕說道。

唐一明又到其他受傷的士兵中間走了一圈，分別慰問了之後，便坐下來休息。

剛坐下沒多久，耳邊便響起一陣急促的馬蹄聲。馬蹄的聲音鏗鏘有力，似乎有不少騎兵。

唐一明急忙站起來走到樹林邊，但見一群燕軍騎兵從樹林前閃過，奔向浮橋那裡去。唐一明心中大驚：「一定是逃跑的幾個燕狗回去報信，引來這些騎兵的。」

唐一明轉回樹林裏，見大家都在休息，急忙叫道：「大家趕快起來，這裏不宜久留，燕狗剛剛從這裏經過。」

所有人神情立刻變得緊張起來，開始準備轉移陣地。

樹林裏，聲音一片吵雜。

黃大急忙跑了過來，慌裏慌張地對唐一明道：「都尉，你快來看！」

唐一明見黃大如此慌張，料想一定有事，急忙跟黃大走到樹林邊。

黃大指著遠方荒蕪的田地上，對唐一明道：「都尉，你看，是我們的人！」

唐一明朝那邊仔細看去，但見一個穿著灰色長袍的人領著不到十個士兵在快速奔跑，時不時還回頭張望，似乎後面有追兵。

「都尉，我去叫他們！」

黃大剛動了一下身子，便被唐一明拉住。

「不！你快去林子裏集合士兵，要打仗了！」

唐一明皺著眉頭，緊盯著樹林外荒蕪的田地。

黃大愣了一下，道：「都尉，那是我們的人，不是燕狗！」

「我知道！但他們的後面跟著燕狗，快點照我說的去做，集合士兵，晚了就來不及了。」唐一明鎮定地指揮道。

這時，傳來一陣雜亂的馬蹄聲，馬上的人喊著嘰裏咕嚕的鮮卑話，在空曠的原野上顯得尤為響亮。

一百多個燕軍騎兵從地平線上駛進唐一明和黃大的視線，黃大大吃一驚，急忙跑到林子裏。

那一百多個燕軍騎兵速度很快，提著長槍衝到一個跑在最後的魏軍士兵跟前，那魏軍士兵擋住了一個燕軍騎兵，並且成功擊殺了那個燕軍騎兵；然而那個魏兵還來不及拔出插在燕兵身上的長戟，便被後面馳來的燕兵給殺死了。

逃跑中，那個穿長袍的人看到一片樹林，便急忙對後面的幾個士兵說道：「快！到那個林子裏先躲避一下！」

可是，幾個跟著他的士兵卻突然停了下來，轉向挺戟來對付追兵，並且大聲喊道：「大人！你快點走！」

燕軍騎兵霎時間便到了那幾個長戟兵的身前，那幾個長戟兵也頗有門道，只隨便一側身，躲過馬匹的衝撞，然後長戟一揮，便掃下一個燕軍的騎兵，立即將墜馬的燕兵給刺死了。

唐一明見那裏有九個長戟兵，背對著背，圍成一個小圈，逐漸向側面後退；隨後追來的燕軍騎兵也被這幾個長戟兵給吸引了，開始轉向攻擊那九個長戟兵。

黃大帶著五十個人拿著兵器、持著盾牌，從樹林裏衝了出來。

黃大將一桿長戟和一副盾牌交給唐一明，並且喊道：「都尉，下令吧！」

唐一明接過長戟和盾牌，對身後喊道：「不拋棄，不放棄！絕對不能白白犧牲掉一個人，給我一起解救那些兄弟！殺啊！」

「殺啊！」

那個穿著長袍的人剛跑到離樹林不遠的地方，便見從樹林裏衝出五十多個穿著黑色戰甲的士兵，他臉上一怔，抽出腰中的佩劍，大聲叫道：「左右都是死，大不了拼了！」

唐一明領著的那五十個士兵，喊出了震天的聲音，這種陣勢，著實把那個穿著長袍的人給震懾住，一時竟呆在那裏，不知道該怎麼辦才好。

當唐一明領著五十個士兵接近那個穿著長袍的人時，那個穿長袍的人才看清楚他們反穿著乞活軍的軍服，長長地鬆了口氣。

唐一明領著士兵瞬間從那個穿長袍的人身邊掠過，向不遠處那一百多個燕軍騎兵而去。

燕軍騎兵已經將那九個魏國的長戟兵團團圍住，突然聽到背後喊殺聲，調轉馬頭時，便被五十一個人持著盾牌衝撞了上來。

盾牌撞在馬頭上，燕軍騎兵座下的馬匹一下子受到驚嚇，紛紛發出一聲長嘶，將騎在馬背上的燕軍騎兵顛翻了下來。那些燕軍的騎兵一落地便滾了兩滾，還沒有站起身子，便被這些乞活軍給刺死。

與此同時，那九個魏國長戟兵見到這種情形，也開始反擊。燕軍騎兵與這些長戟兵交戰，均被他們貼近了身子，一時間紛紛被他們拉下了馬，然後被殺死。

長戟兵紛紛結成了戰陣，三個人一隊，分成了三個小團體，穿梭在燕軍騎兵的中間，並且成功將他們隔開，讓燕軍的騎兵無法結成戰陣。

乞活軍的士兵也是此種方法，只不過他們是五個人一隊。一番混戰後，燕軍騎兵根本不是對手，這般近距離廝殺實在發揮不出騎兵的優勢。

不一會兒，燕軍騎兵便只剩下了幾個。他們想跑，唐一明急忙擲出手中的長戟，刺穿一名騎兵，其他士兵見了，也都紛紛效仿，投出手中的長戟，將想逃跑的燕軍騎兵殺死。

這次混戰，一百多個燕軍騎兵沒有跑掉一個，都戰死了，而乞活軍的士兵則戰死了六個人。

唐一明令所有人撿起能用的武器，搜索燕兵隨身攜帶的物品，然後又扒下幾副完好的戰甲，拖回自己兄弟的屍體，這才牽著馬匹轉回樹林裏。

回到樹林裏，唐一明命人把死去的兄弟給埋了。

那個穿著長袍的人看了看唐一明，見他穿著都尉的軍裝，便問道：「這些傷兵都是你的人嗎？」

唐一明點點頭，見那個長袍的人一臉書生氣，臉上很是白淨，下巴上還掛著一點山羊鬍，便說道：「我是他們的都尉，叫唐一明！」

長袍人道：「都尉？一個小小的都尉竟然有如此大的能耐，能把陛下帳下的乞活軍從戰場上帶出來，你的本事不小啊，唐都尉，我是陛下的諫議大夫，叫王凱。」

唐一明不知道這諫議大夫是多大的官，他除了知道大將軍、丞相是百官之首外，對其他的官職不是很瞭解，所以只是「哦」了一聲，沒有過多的表示。

王凱卻向唐一明鞠了一躬，口中振振有辭地說道：「王凱叩拜恩公的救命之恩！」

唐一明揮揮手道：「不用，大家都是自己人，自己人救自己人，這很正常，沒有什麼恩不恩的。」

王凱笑笑，明知故問地說道：「唐都尉，你們從哪裡來？」

「廉台！」唐一明爽朗地答道。

王凱臉上一怔，沒想到唐一明回答的如此爽快，便道：「你們是逃兵？」

「逃你娘的兵！我們都尉帶著我們出來搞糧食，好支援陛下！你們這些當官的，在後方享福，還不給我們多弄點糧食，害我們餓著肚子打仗。你們他娘的官都是怎麼當的？」黃二大聲地罵道。

王凱臉上無光，神色黯淡地說道：「我正是從鄴城來運糧食的，糧食運送到巨鹿，聽說常山被燕軍攻打，我們便留下一千個士兵守護巨鹿，帶著所有的士兵增援常山。結果，常山被燕軍佔領，我們也死傷慘重，就只有我們這幾個人逃了出來。」

「什麼？常山被燕狗佔領了？你們怎麼守的城？」黃大一臉驚愕。

「我帶兵增援的時候，燕軍已經攻進城裏了，我們又和燕軍進行了一夜的激戰，最終寡不敵眾，這才逃了出來；可是去巨鹿的路被燕軍封鎖了，我們只能向北撤。」王凱道。

唐一明道：「既然常山已經被燕狗佔領了，那我們在這裏就更加危險了，看來我們只有衝破燕狗所設的防線，先趕到巨鹿，守護好那批糧食才是最重要的；不然的話，陛下在前線打仗，如果知道後方糧道被斷了，肯定會影響士兵的士氣。」

王凱點點頭道：「唐都尉的眼光如此之高，令王某佩服。」

劉三突然從人群中擠了出來，大聲地喊道：「都尉，不好了！燕狗包圍了整個樹林！」

劉三的叫喊聲讓樹林中所有人為之一震，黃大疑惑不解地說道：「剛才一百多個燕狗騎兵，我們可是一個也沒有放跑，這些騎兵是從哪裡來的？」

唐一明環視了一周，十分鎮定地說道：「肯定是剛才那批去浮橋的燕狗，他們看到我們不在那裏，便回來了，當他們路過此地看到死去的燕狗時，肯定猜到我們躲在樹林裏。劉三，你留下，繼續帶領傷兵，我去樹林邊看看。黃大，你去把胡燕叫來，一會兒能用上他。」

唐一明說完，便邁開步子，走到樹林邊，躲在一棵樹的後面向外窺看。

燕軍的騎兵離樹林大概有五百米，他們一字排開，包圍了整個樹林。一個燕軍的將軍雙手按著馬鞍，腰中繫著一把長劍，身上穿著黑色的厚戰甲，目光犀利，緊緊地盯住樹林。

將軍的背後有二十個騎兵，手裏拎著火把，將他周圍照得很亮。唐一明逆著火光，看不清那將軍長得是何模樣。

「都尉，你叫我？」胡燕走了過來，看見唐一明站在那裏，問道。

唐一明點點頭，道：「李老四醒了嗎？」

「沒有，他還在昏迷中。」胡燕答道。

唐一明嘆了口氣，道：「李老四是條漢子，當年關公刮骨療傷也不過如此！」

胡燕沒有回答，因為他不知道唐一明口中的關公是誰？雖然三國離這個時代不算久遠，但至少也是一百多年過去了，一百多年的動亂不安，人連生存都是個問題，誰還在乎那些早已死去的人呢？

樹林外，那個燕軍將軍抬起一隻手，一個騎兵從他身後走了過來，他對那個騎兵說了些什麼，那個騎兵便向前走去，來到離樹林不遠的地方，大聲喊了幾句話。

唐一明急忙問胡燕：「那個燕狗說什麼？」

胡燕翻譯道：「他說他們的大將軍是全燕國最寬宏大量的，只要我們投降，便可以免去死罪，也可以免去淪為奴隸的風險，更可以加入他們的軍隊。」

「你告訴他們，別指望我們會投降，大不了來個魚死網破。我們在林子裏挖好了坑，準備給他們收屍。」唐一明道。

胡燕翻譯完這段話，那個燕兵便退了回去，不再過來了；而那個燕軍的將軍，似乎顯得十分氣憤。饒是如此，燕兵仍不敢將部隊開進林子裏來。

燕軍和魏國的軍隊打了很多次的仗，敗多勝少，在敵我不明的情況下，他們絕對不敢貿然進攻，而且還是不利於騎兵開戰的樹林。

唐一明見那些燕兵只是騷動了一下，並不前進，便對胡燕道：「你在這裏守著，有什麼情況就立即到林子裏彙報。」

「都尉，你儘管放心，有我在這裏，一定看好這些燕狗。」

唐一明觀察完周邊地形，拍了一下胡燕的肩膀，以示信任，這才走進林子裏。

這周圍的地形很奇怪，林子西邊有一片高高的荒草叢，荒草長得差不多有一米多高，而且一直向前延伸，看不到頭。唐一明看到，心裏便想出了突圍的計策。

他剛回到林子裏，便看見王凱像熱鍋上的螞蟻一樣，急得在那裏走來走去的，其他人更是一籌莫展的樣子。

王凱一見到唐一明回來，急忙道：「唐都尉，外面是不是有很多燕兵？」

「這片樹林雖然不大，可也不算小，至少還可以容下一兩千人在此躲避。燕狗能把整個樹林全部圍起來，可以想像他們的人數。」唐一明道。

「要是燕軍攻進來了怎麼辦？這才逃出狼窩，又落入了虎口啦。」王凱畢竟不是軍人，沒有軍人的那種鎮定。

「虎口？就算是虎口，我們也要拔下幾顆虎牙來！」唐一明豪邁地道。

王凱是諫議大夫，在官場裏也打拼了不少年，家裏又是士族，這點察言觀色的本領他還是有的。王凱見唐一明信心滿滿的，便問道：「將軍是不是已經有計策了？」

唐一明見大家臉上對他充滿了期待，便蹲在地上，用樹枝在地上畫了一個圖形，並且對大家說道：

「你們看，這裏是我們躲避的林子，都被敵人給包圍了，不過，我們並不是沒有突圍的希望；西邊是一個很高的荒草叢，那裏可以迷惑敵人，我們可以紮些稻草人，給他們穿上衣服，綁在馬鞍上，然後放走一些馬匹，吸引他們的注意力；只要他們的注意力被吸引到那邊去，他們肯定會前往追擊，我們就可以趁這個時候突圍！」

唐一明講解和畫的都很清楚，但是在這樣的夜裏，沒人能看清楚他畫的是什麼，也對他的話半信半疑。

只有王凱，見唐一明信心滿滿，知道他有破敵的計策，便問道：「這裏一點稻草都沒有，怎麼紮成稻草人呢？」

唐一明笑道：「有樹枝就夠了，再加上一些戰甲和衣服，將他們固定在馬背上，在夜裏是無法辨認的。」

王凱問道：「燕軍會上當嗎？」

唐一明果斷地說：「不上當的話再想辦法，我們必須行動快一點，免得萬一燕軍等得不耐煩放火燒林子，到時候，我們想跑都跑不掉了。」

第四章

活地圖

黃大自告奮勇道：「我是張活地圖，
地圖上有的路我知道，地圖上沒有的路我也知道。
從陳家堡到巨鹿，沿途要經過一些村莊，
這條小路，燕狗也未必知道。
我一時也說不清楚，這樣吧，
我在前面帶路，你們跟著我便是了。」

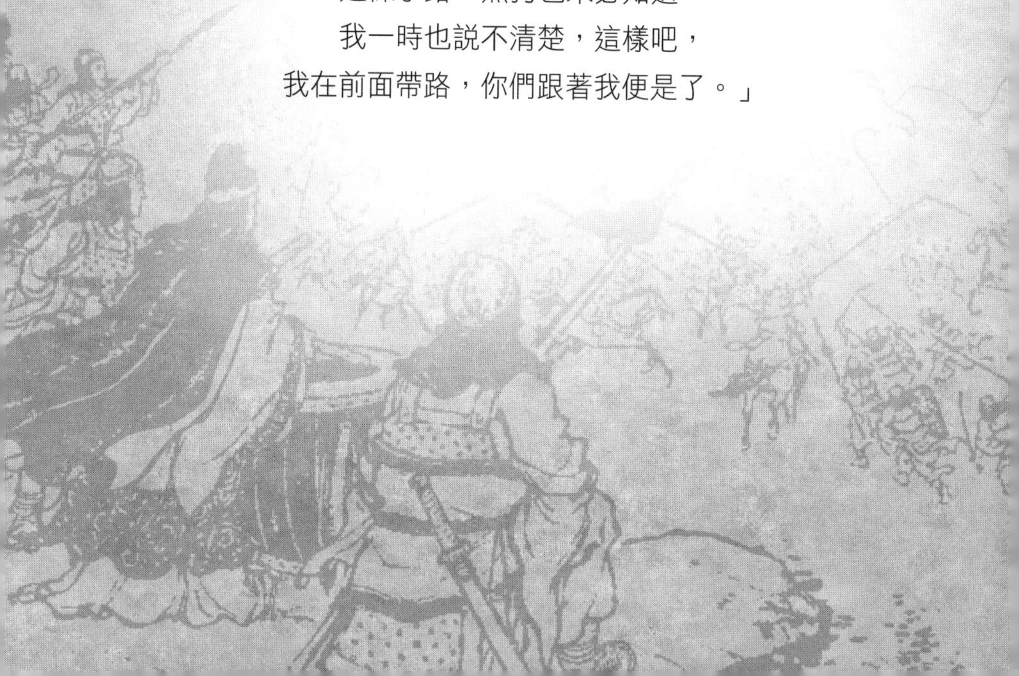

樹林裏差不多有三百多匹馬，唐一明留下兩百匹來運送傷患，其餘的用來迷惑敵人。

唐一明砍下一些樹幹，然後脫去外衣，將衣服撐起來，然後固定在馬背上。其他人也有樣學樣，不一會兒，一百多個假人便做好了。

其他人看見這種假人，不由得對唐一明十分的佩服，這樣的方法居然也能想得出來。

準備停當後，唐一明讓傷兵做好準備，留下黃大帶領他們，他自己則帶領三十個人先衝開燕軍西邊的防線，這樣才好放出馬匹，吸引敵人。

黃大聽到不讓他出戰，牛脾氣立刻便上來了，大聲吼道：「都尉大人！你為什麼不讓我和你一起去？傷兵交給劉三照顧就好了！」

唐一明厲聲說道：「糊塗！是打仗重要，還是兄弟的性命重要？你對這裏的地形非常熟悉，由你帶領他們我比較放心，去巨鹿的道路已經被封鎖了，你們突圍之後，一定要找個安全的地方躲一下，我引開這些燕狗後，就會去和你們會合！」

黃大聽了唐一明的話，覺得很有道理，便止住了心中的怒火，對唐一明道：「都尉，你說得對，我不該如此糊塗。從這裏向東南方向的小路上，有一個陳家堡，那裏以前是個亂墳崗，一般沒有人會去那裏，我們就在那裏會合吧！」

唐一明點點頭，對黃大說道：「大黃，帶領所有人突圍的重任就交給你了。還有，看好王大人，一定要做到不拋棄，不放棄！」

黃大拍拍胸脯說：「都尉，你放心吧，我就算死了，也絕不丟下一個兄弟！」

「我不准你死，你要給我好好地活著，我要是到了陳家堡沒有看見你，我饒不了你！」唐一明道。

黃二從人群中擠了出來，對唐一明說道：「都尉，我們已經準備妥當了！」

「都尉！我們在陳家堡等你們！」

唐一明聽到身後傷兵同時叫了出來，轉過身，見每個士兵的臉上都帶著憂愁，他衝他們笑了笑，向他們揮了揮手，同時大聲喊道：「陳家堡見！」便轉身向馬匹走去。

唐一明逐漸消失在夜色中，黃大對留下來的士兵說道：「都尉去引開燕狗了，我們絕不能辜負都尉對我們的厚望。能打仗的都給我站出來，其他的跟在我們身後，只要我們一突圍出去，你們就使勁朝東南方向跑，不用理會我們。」

黃大的聲音剛落下，便站出來四五十個人，其中還有一些顫巍巍站不太穩的也站了出來。

黃大從中挑選了十九個人，當他看到劉三在這十九人中的時候，急忙道：「劉三！你不能去！你要帶著他們到陳家堡！」

劉三很是鬱悶，叫道：「我難道就是專門帶傷兵的嗎？都尉不讓我去，你也不讓我去！我就腿上一點傷，跑起來一點也不會拖累你們的，我要參戰！」

「劉三，你個大渾蛋！這些受重傷的都是我們的兄弟，李老四到現在還沒有醒，你不負責他們，誰負責？都尉不在，這裏我說了算！你給我退回去！你要還是條漢子，就好好地給我帶好傷兵，少一個人，我非扒了你的皮！」黃大罵罵咧咧地道。

劉三回頭看了看那些傷兵，走出隊列，回到馱著重傷士兵的馬隊旁邊，將長戟朝地上重重地擲了一下，發出一聲悶響，扭臉衝黃大喊道：「黃老大！你他娘的要是突圍不出去，我第一個殺了你！」

黃大嘿嘿笑道：「劉小三，想殺我？等下輩子吧！記得保護好王大人和所有受重傷的兄弟！弟兄們，都跟我走，加上胡燕，我們剛好又是二十個人！」

唐一明、黃二和另外二十八個人，一起來到樹林的西邊，他們牽著一百多匹戰馬，做好了充分的準備。

樹林的西邊，大概有二三百燕軍的騎兵，他們一字擺開，一個挨著一個。唐一明看看這些燕軍騎兵，希望能從中找出一個突破點。

「都尉，一會兒咱們衝開敵圍後，是不是先逃到那些荒草叢裏進行隱蔽？」黃二在唐一明的耳邊小聲說道。

「聰明！」唐一明輕輕地用肩膀撞了一下黃二，讚道。

「都尉，你看！」黃二指著前方對唐一明道，「來了一個燕狗將軍！」

唐一明定睛一看，自語道：「那個燕狗將軍不是守在南邊樹林的那個嗎？怎麼突然跑到這邊來了？」

「都尉，管他是誰呢，來一個殺一個，他來這裏也好，正好給我大哥那邊減少了壓力。」黃二道。

唐一明「嗯」了聲，對身邊的士兵說道：「不能再等了，再等下去，對我們非常的不利，現在就衝出去！」

黃二喊道：「結陣！」

唐一明與這些人在一起大小經過了幾次戰鬥，慢慢摸清楚了他們的作戰規律。乞活軍雖然是步兵，卻是裝備精良的重裝步兵，每一套陣法和打法都需要彼此的配合。三個人可以結成一個小陣，五個人也可以結成一個陣形，人數越多，結成的陣形就越規矩，也越嚴謹，攻守配合也需要更多的默契。

唐一明留下一個人看守馬匹，只要他們一衝開了豁口，便用長戟刺馬的屁股，讓牠們發瘋似的跑出去，只有這樣，燕軍才會相信是集體突圍。

唐一明和二十八個人結成了一個戰陣，突然從樹林裏衝了出去，口中喊著「殺！殺！殺！」的口號。

燕軍騎兵見到從樹林裏衝出來二十多個人，他們迅速收攏，唐一明他們還沒有跑到，這些騎兵便結成了隊形，挺著手中的長槍，護衛在那個燕軍將軍身前。

那燕軍的將軍嘰裏咕嚕地喊了一句話，便見他前面的一百多騎兵也衝了出去。

燕軍騎兵和乞活軍只相距五百多米，一百多騎兵依仗著胯下馬匹的衝擊力，開始疾速前進，想將這二十多個乞活軍組成的陣形衝撞開。

唐一明和身邊的士兵見一百多騎兵橫衝過來，他知道自己無法指揮這種高技巧型的戰陣，急忙對黃二說道：「黃二，你來指揮！」

「分！」

黃二的獨眼中露出了犀利的目光，唐一明的話音剛落，他便喊了出來。

二十多個人迅速分開，黃二將唐一明拉在身邊，和另外一個士兵背靠背，組成了一個三人的小型戰陣。

馬蹄捲起地上的泥土，從唐一明身邊掠過時，數道寒光閃過，燕軍騎兵手中的長槍便拍打在唐一明高高舉起的盾牌上，將他的手臂震得微微發麻。

黃二將唐一明掩護在背後，見一匹快馬從側面駛來，他急忙揮起左手中的盾牌用力地夯在地面上，然後舉起右手中的長戟架在盾牌上，對準衝撞過來的馬匹。那騎兵直接衝撞上來，黃二看到馬匹快駛近的時候，長戟猛然推了出去，直接插在馬頭裏。

那馬一聲長嘶，向側微傾。黃二身體一轉，雙手抓起盾牌，撞在馬的側面，硬生生地將那個騎士和馬一同撞倒在地。

黃二拔出插在馬頭上的長戟，一戟揮了過去，那戟鉤破了燕軍騎士的喉嚨，然後黃二急忙回過身體，又重新和唐一明背靠背地站著。

此時，燕軍的騎兵已經衝了過去，乞活軍一個都沒有受傷，反而用手中的長戟鉤死了近十個燕兵。

唐一明和二十幾個兄弟馬上又重新結成戰陣，他看到了乞活軍最為精華的步騎對戰，而且深深地體會到這種戰陣是專門對付騎兵的。

燕軍的騎兵衝到了樹林邊，剛轉過馬頭，準備進行第二次衝擊，卻聽見林子裏馬匹聲聲的長嘶，回過頭時，看見一百多匹發瘋的馬背上馱著騎兵，他們一時害怕，急忙閃開一條道放他們過去。

唐一明和乞活軍任由那一百多匹發瘋的馬馱著那些假人向荒草叢裏駛去。

荒草叢邊，那個燕軍的將軍嘰裏咕嚕地說了幾句話，他身邊兩百多騎兵便跟隨著他向荒草叢裏追了出去。與此同時，聽到這邊打鬥聲的燕軍騎兵隊伍也紛紛地向這邊駛了過來。

黃二一看唐一明的計策成功了，便大聲地喊道：「都尉，成功了，我們快點退，燕狗的騎兵越來越多了！」

唐一明卻說道：「不行！再殺回去！殺到樹林裏去，那裏還有一個兄弟！我們絕對不能留下他！」

黃二和其他士兵一起喊道：「不拋棄，不放棄！殺！殺！」

這會兒，早已經結好陣的二十多個人開始衝向樹林。

樹林邊那一百多個燕軍騎兵驚魂未定，剛反應過來，便看見一團如同烏龜殼一樣的東西迅速地移動過來。等臨近的時候，那團由盾牌圍成的「龜殼」隨即分開，又變成了三個人一組，分別衝向還沒有結陣的騎兵隊伍裏。

一通亂撞，胡亂的鉤刺，便將燕軍馬上的十幾個騎士給殺死。唐一明見識過黃二的作戰方法，也依樣畫葫蘆，加上他身體的強健，一戟便殺死了一個騎兵。之後，這二十幾個乞活軍又殺回到樹林裏，和留守的士兵會合在一起。

到了樹林裏，唐一明看了看外面越聚越多的燕狗騎兵，他們只留下一百多個人，然後大隊人馬開始向西邊的荒草叢裏追了過去。

「都尉，我哥他們應該撤走了吧？」黃二問道。

唐一明估算了一下時間，看到樹林外調轉馬頭的燕軍騎兵，便對身後的人說道：「燕狗是中計了，可是他們很快就會發現的。趁著燕狗還沒有發現，我們現在就從樹林裏走，向東南去陳家堡。」

說完，唐一明便領著身後的士兵徑直向東南而去。

穿過整片樹林，唐一明看見東南出口處的地上躺著一些屍體，都是燕軍騎兵，還有一兩個乞活軍的兄弟。

「都尉，看來我大哥他們已經成功突圍了！」黃二興奮地道。

唐一明點點頭，他靈敏的耳朵裏聽到了從遠處傳來的雜亂的馬蹄聲，急忙喊道：「快走！追兵就要來了！」

奔出兩里路以後，燕軍的騎兵追過來了。

唐一明扭過頭，見後面跟著一百多名騎兵，急急喊道：

「快走！」

燕軍的騎兵還在窮追不捨，幾分鐘後，十幾個騎兵從側面快速奔到唐一明等人的前面，堵住了去路，而後面的燕軍騎兵也已經跟了上來，將唐一明等人完全包圍。

「結陣！」

唐一明大喊一聲，三十名士兵迅速停下來，用盾牌和長戟結成了一個圓形的戰陣。

燕軍騎兵開始攻擊，馬匹所帶來的巨大衝擊力撞飛了幾個士兵，唐一明只聽到幾聲骨頭的脆響，那幾個士兵的左臂已經被撞斷了，骨頭直接被撞出皮肉，白森森地露在外面。

黃二大喝一聲，橫戟擋住缺口，幾個連人帶馬衝進陣裏的燕軍騎兵迅速被乞活軍的大戟給刺死。

「轉！」

黃二久經沙場，一聲令下，圍成的圓形戰陣開始向前轉動，長戟架在盾牌和盾牌的縫隙中。中間幾個受傷的士兵左手骨頭斷裂，強忍著疼痛，卻無法再拿起盾牌，只能右手持著長戟，到陣形邊緣，將長戟架在盾牌上。

騎兵此時和乞活軍離得很近，無法依靠馬匹帶來的巨大衝擊力，面對這個如同銅牆鐵壁般的步兵戰陣，他們剛一衝上去，便立即被長戟刺死或者鉤死。

燕軍的騎兵看到這些，雖然不敢撤退，但是也不敢進攻，只是那樣地圍著他們，等待著更多的援兵的到來。

「都尉，再這樣下去也不是辦法，等會兒燕狗的部隊騎兵會越來越多，我們就這些人，絕不是對手，你快想想辦法！」黃二大聲叫道。

唐一明此時才意識到自己在計策上的成功，並不代表在沙場上的成功。他身臨戰陣之中，卻無法發揮自身應有的本能，對於戰陣的生疏，讓他無能無力。

唐一明冷靜思索一番後，大聲叫道：「我們置之死地而後生，兄弟們，那就不結陣了！大家分頭向外衝，衝出去之後再行聚攏。燕狗以為我們只會守，我們便要攻擊，以攻代守，殺他們一個措手不及！殺！」

「殺！殺！殺！」

巨大的喊聲從所有乞活軍士兵的口中喊了出來，這一陣喊聲，驚動了燕軍騎兵座下的馬匹，牠們開始變得狂躁不安。

乞活軍迅速分開，三十個人從不同的方向向外突圍，一時間猶如多出了許多軍力。

唐一明拿著長戟和盾牌，用盾牌猛烈地撞向一個騎兵，他全身的力氣在此刻爆發出來，竟然將馬匹給撞翻了；與此同時，他舉起手中的長戟，刺死了摔下馬的燕軍騎兵。

唐一明剛拔出長戟，便聽到一聲「呼」的聲音從背後而來，他急忙低下頭，燕軍騎兵的長槍從他頭頂上掃過。

唐一明未及抬頭，順著身體的慣性翻滾了一下，剛好滾到那個騎兵的馬肚下面，他迅速通過，然後將長戟刺入馬肚。馬一聲長嘶，翻身倒地，將牠背上的燕兵的一條腿壓在身體下面。

騎兵大叫了一聲，眼前寒光閃過，喉嚨便被唐一明給鉤破了，鮮血向外噴湧，在月夜下，顯得甚是恐怖。

唐一明殺掉兩個燕軍騎兵，從他們的包圍中衝了出來，一轉身，看見二十幾個士兵也衝了出來，尚有幾個受傷的士兵被圍在中心，他們因為左臂受到重創，無法正常發揮，沒有衝出來。

唐一明的眼中充滿了血絲，臉上青筋暴起，看見燕軍騎兵刺死了三個人，再也控制不住自己的情緒，大聲喊道：「不拋棄，不放棄！絕對不能丟下一個兄弟，再給我殺進去！」

聲音如同滾雷，傳入每一個乞活軍士兵的耳朵裏，他們受到感召，再次衝進了燕軍騎兵的包圍裏，護衛在受傷士兵的周圍。

這一突一衝之間，唐一明和他的夥伴們殺死了近一半的騎兵，但是，他們尚在包圍之中，結陣自守。

唐一明看到這樣的衝殺，使得原本被動的他們一下子變得主動。他靈機一動，對身邊的士兵喊道：「兄弟們，再來一次衝殺，衝出去之後別停留，再次回殺進來，不把這些燕狗殺死，無法向死去的兄弟交代！」

黃二道：「都尉，你說怎麼辦就怎麼辦！兄弟們，都聽都尉的！」

「好！殺出去！」士兵們狂叫道。

剩下的二十幾個人分開，又來了一次突圍，每個人都將自身的才能展現了出來，剛一衝出騎兵的包圍，立即返身又殺了回去。這讓騎在馬上的燕軍騎兵感到很是恐慌，他們還沒有來得及調轉馬頭，便被從後面而來的士兵殺死，墜落馬下。

唐一明、黃二和手下的兄弟進行了兩次來回的衝殺，這才算將燕軍的騎兵殺得一乾二淨。

乞活軍以陣亡八人為代價，經過三次的往返衝刺，殺死了共一百零三個燕軍騎兵，他們牽著繳獲的馬匹，向東南的陳家堡而去。

皎潔的月光照在大地上，看似平靜的土地卻危機重重，這一夜時間彷彿很長很長，唐一明領著剩下的人開始狂奔。

到了陳家堡，黃大、劉三、胡燕、王凱和其他士兵全部等在那裏，當他們看見路上來了人後，都歡欣鼓舞。

兩撥人馬一經會合，便擁抱在一起，所有人對唐一明都心存一種感激之情。

然而喜悅只是暫時的，他們只不過才脫離困境而已。王凱見大家都沉浸在喜悅中，便掃興地說道：「都尉，此地不宜久留！燕軍已經控制了常山全境，我們只要在常山境內一刻，就隨時會有危險，我們必須衝破燕軍的封鎖，趕回巨鹿。」

唐一明「嗯」了一聲，忍著從肚皮上和胳膊上傳來的疼痛，對黃大說道：「大黃，從這裏去巨鹿哪條路最近？」

黃大看到唐一明的胳膊上纏著的繃帶在向下滴著血，急忙說道：「都尉，你的胳膊……」

唐一明咬咬牙道：「可能是剛才廝殺的時候用力太猛，扯開了傷口，不礙事，脫離困境最重要。」

黃大見唐一明如此堅定，便道：「我們現在是在常山的東南方，如果要去巨鹿的話，大路已經失之交臂了，我們只能走小路。」

「對！大路已經被燕軍封鎖了，我就是從那邊一路退到遇見你們的地方的。」王凱道。

唐一明問：「小路怎麼走？你這張地圖我根本看不懂！」

黃大自告奮勇道：「不怕，我是張活地圖，地圖上有的路我都知道，地圖上沒有的路我也知道。從陳家堡到巨鹿，一路上沿途會經過一些村莊，但那些村莊早已經廢棄了，這條小路，我一時也說不清楚，不如這樣吧，我在前面帶路，你們跟著我便是了。」

唐一明道：「嗯，好，不過，你確信燕狗不會在小路上設防嗎？」

黃大道：「都尉，你儘管放心，這條小路可以一直通向巨鹿，很少有人知道；燕狗是外地人，絕對不會知道這條小路的。」

「嗯，那就好！小黃，你知道這條路嗎？」唐一明問。

黃二道：「都尉，我哥知道的，我都知道。」

唐一明道：「那就好。大黃，你帶著隊伍繼續前行，我領著一些人留下來，剛才殺了些燕狗，我怕燕狗會往這個方向追來。你們到了巨鹿後，再派兵來接應我們！」

黃大臉上有些遲疑，想說什麼，卻沒有說出來，最後憋了好久才說道：「好吧，那你們多保重，我一到巨鹿就讓他們派兵來接應都尉！」

唐一明來的路上已經觀察過陳家堡，進入村莊的道路就一條，兩邊還是高高的田埂，又很窄小，適合扼守；於是，唐一明補齊了三十名士兵，和自己一起留了下來。

唐一明送走大隊人馬，埋伏在入村道路的兩邊，貼著田埂，在朦朧的月色裏，不容易讓人分辨清楚。

「都尉，你說陛下他們現在怎麼樣了？」黃二趴在唐一明的身邊，問道。

唐一明道：「陛下勇猛過人，燕狗肯定不是對手，這一天一夜的，燕狗肯定死傷不少人。」

「那倒是，我們現在應該儘快到巨鹿，然後運送糧食給陛下！」黃二道。

唐一明笑了笑沒有說話，他心裏在想：此時的冉閔在幹什麼，是繼續打仗，還是已經被燕軍擊敗了？

「都尉，你看，來人了！」胡燕喊道。

唐一明見那條羊腸小徑上來了黑壓壓的一片人，馬蹄的聲音更是雜亂無章，似乎來了許多騎兵。

唐一明緊張地喊道：「絕對不能讓他們任何一個人通過，等他們臨近村口的時候，就給我都衝出去，守住村口！」

唐一明和其他人分開埋伏在村口要道的兩邊，入村的道路上很窄小，只能容下三匹駿馬並列。這樣一來，給了唐一明扼守此地的地利優勢，因為道路兩邊都是高高的田埂，人都無法攀爬，更別說是騎兵了。

馬匹矯健的身姿，踏著蒼勁的蹄子，踩在入村的泥地上，夾帶著一串散發著泥土芬芳的蹄印。

當兩匹高頭大馬到了村口時，忽然聽見兩邊的叫喊聲，從道路的兩邊殺出三十個乞活軍的士兵。那兩名騎在馬背上的燕軍騎兵還沒有反應過來，便已經被長戟刺死。

一瞬間，三十名重裝步兵便堵在入村的道路上，結成了嚴密的陣形。

燕軍後面的騎兵停住了腳步，幾個先頭的士兵開始交頭接耳，然後一個騎兵向後面跑去。過不多久，從後面駛進來了一匹快馬，那是一個燕軍的將軍，正是唐一明在樹林裏見到的那個。

那個燕軍將軍看了一下村口的道路，嘰裏咕嚕地說了句話，將手中的馬鞭揚起，嘴裏尚在吐出讓人聽不懂的話語。

「胡燕，那燕狗將軍說什麼？」唐一明問身邊的胡燕道。

胡燕略微遲疑了一下，臉上更是一陣哀愁，緩緩地翻譯道：

「都尉，那燕狗將軍說……說陛下……陛下所率領的軍隊已經全軍覆沒，陛下也已經被擒住，要我們儘快投降，還可以免我們一死，化身為奴，否則的話……」

「這些燕狗肯定是在騙我們，陛下有萬夫不當之勇，更何況陛下的坐騎又是天下神駒，肯定不會被擒住的。胡燕！你告訴那些兔崽子，讓他們放膽過來，少在那裏說風涼話！」黃二大聲喊道。

唐一明沒有說話，因為他知道那個燕軍將軍說的應該是真話。對於冉閔，他只見過匆匆的一面，只知道他是騎在那匹叫朱龍的紅色寶馬上，並沒有任何感情，不像這些一起經歷過生死戰爭的士兵。

胡燕翻譯完，那個燕軍的將軍又嘰裏咕嚕地說了句話。

胡燕聽了後，神情激動，一下子站起來，舉著長戟大聲罵了幾句，只不過他是用鮮卑話罵的，至於罵的什麼內容，唐一明和其他人都不得而知。但是，唐一明和其他人都能清楚地看見那個燕軍將軍臉上大怒，神情更是激動，舉著馬鞭也說著嘰裏咕嚕的話。

胡燕一聽那燕軍的將軍喊完話，臉上更是憤怒，又用嘰裏咕嚕的話反罵了回去。

胡燕還在不停地說，唐一明耳朵裏聽得一聲弦響，急忙將胡燕拉到盾牌下，一支長箭從盾牌上空疾速飛過。

胡燕臉上一愣，大聲罵道：「死燕狗，臭胡虜，竟敢暗算老子！」

胡燕的話音剛落，便聽到馬蹄狂奔的聲音，三匹快馬迅速衝了過來。

「燕狗衝過來了，不要硬拼，閃開道路，放這三匹快馬過來，在村子裏斬殺他們！」唐一明害怕再有人頂不住這巨大的衝擊力而受傷，急忙喊道。

那三匹快馬看看將要到眼前了，堵在村口的乞活軍士兵急忙閃開一條豁口，將手中的長戟舉過馬頭，直接將馬上的三名燕軍騎兵給鉤了下來，長戟刺入身上，那三名騎兵立時斃命。

那燕軍將軍有些惱火，急忙揮動馬鞭，十幾個騎兵開始向前衝了過來。

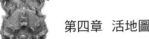

乞活軍還是以同樣的方式避開了馬匹的衝擊力，然後殺死騎兵，最後將十幾名騎兵的屍體拋了出去，堵在入村的道路上。

這裏的地形對燕軍非常的不利，不宜開展騎兵活動，於是燕軍將軍命令騎兵推進，三個人一排，綿延進入村口與乞活軍進行血拼，力求用人海戰術來削弱這些人，並且達到殲滅他們的目的。

廝殺正式開始，黃二領著兩個人擋在第一排，用盾牌擋住燕軍騎兵從馬上的攻擊，然後讓站在第二排的唐一明、胡燕等用長戟亂刺。

燕軍第一排騎兵迅速死亡，留下的馬匹擋住了燕軍後續進攻的要道，他們不得不跳下馬來進行搏鬥。

約莫半個時辰以後，黃二的左胳膊被刺了一槍，前排的兩個士兵也陣亡了，後面急忙補上。村口的道路被馬匹、燕軍騎兵的屍體完全堵住。唐一明讓人將殺死的燕軍騎兵的屍體堆積起來，竟然堆成一座小山。

「都尉，這下燕狗進不來了！」黃二高興地說道。

唐一明說道：「是時候撤退了，這裏不能久留！」

黃二、胡燕和其他人都點點頭，於是，唐一明帶著他們悄悄退走。

燕軍將軍一臉迷茫，看到堆積如山的屍體，揚起馬鞭大聲喊著鮮卑話。過了好久，燕軍將軍見對面沒有人回答，令人衝過去一探究竟。

燕軍的騎兵小心翼翼地踩著屍體，爬上屍山，結果發現前面空無一人。燕軍將軍氣急敗壞地令手下士兵清理堵塞路口的屍體，然後命令剩下的一千七百多人快速通過，追擊逃跑的乞活軍。

唐一明等人在黃二的帶領下，進入巨鹿境內。然後轉上大道，行走不到三里，便看見從巨鹿方向駛來一隊軍馬，領頭的是個穿著鎧甲的都尉，他的身邊是黃大，唐一明等人便被那隊軍馬迎入到巨鹿城裏。

一行人進入巨鹿城時，天色已經大亮了。

早回來的傷軍被巨鹿太守安排到軍營裏休息，他們都精疲力竭，加上一夜未眠，在舒適的營房裏一躺下便都呼呼地睡著了。

唐一明視察過那些傷兵的狀況後，這才回到巨鹿太守為他準備好的帳篷裏。

唐一明也累了，第一次跑那麼長的路，連續一天一夜的折騰，要不是他附身的軀體夠強壯，估計早已經累趴下了。

他躺在營帳裏的地鋪上，心裏充滿了成就感：「我終於活著走出來了，也順利地把那些傷兵給帶了出來；既然邁出了這一步，那麼下一步又該怎麼走呢？」

想了好久，他也沒有想出什麼辦法來，他一下子坐起來，看著自己的身體和身上的傷口。

他摸了摸傷口，痛得咬了一下牙，破口大罵道：「哼！賊老天，一來就讓我受傷，這麼差的環境，連個醫生都沒有，要不是我有點急救常識，傷口早就發炎了。他娘的，老子早知道地震來得會那麼快，打死我我也不下礦了，來到這個破地方，連吃頓飯都難，還說享受什麼新生活？」

他一氣之下，又倒在地鋪上，枕著雙手，腦子裏回想起生活在現代的種種好處。

「哎！」

他重重地嘆了口氣，淡淡說道：「算了，再怎麼想我也回不去了，還是把心情放開點，想想在古代有什麼好的吧。」

「對了，在古代不是可以一夫多妻嗎？我既然來到古代，也可以學學那些皇帝，來個三宮六院七十二妃的，那豈不是很幸福？」

「哎呀！不好！常山已經被燕狗攻佔了，如果他們順勢南下，那巨鹿不就成了那些燕狗第一個攻擊的目標嗎？不行，我得趕緊想辦法離開巨鹿。」

想到這裏，唐一明怎麼也睡不著了，睏意也完全地消失。

「唐都尉！」

「誰？」

「在下李國柱，是巨鹿城的都尉，奉太守之命前來請唐都尉去太守府一敘。」

「太守大人？等我一會兒！」

唐一明正愁無法脫離巨鹿，現在太守來請，正好可以說服太守帶人離開。

他穿好衣服，走出帳篷，見那個都尉約莫二十歲左右，長得眉清目秀，身上到處都透著文雅之氣，一點也不像個軍人。

唐一明拱手道：「李都尉，太守大人為了什麼事找我？」

李國杜打量了一下唐一明，見唐一明皮膚黝黑，面部消瘦，身高七尺五，若從遠處看，唐一明也算個瘦高的人，可一旦走近了看，就會發現唐一明的身體精壯，渾身都透著一股陽剛之氣，一點也不顯得瘦弱。

「唐都尉，太守大人只是這麼吩咐，具體為了何事，我也不是十分清楚，都尉去了不就知道了嗎？」李國杜道。

「嗯！那有勞李都尉在前面帶路。」唐一明客氣地說道。

李國杜邊走邊好奇打聽說：「唐都尉是哪裡人氏？」

唐一明答道：「呵呵，我家在很遠的地方，就算我說了，也不會有人知道。」

李國杜道：「在下魏郡人氏，家在鄴城，不知道唐都尉在鄴城可有熟人？」

唐一明想到不久以後鄴城會被燕狗的軍隊包圍，城裏會發生一些令人十分震驚的慘事，便對李國杜說道：「鄴城？李都尉，恕我冒昧，如果李都尉有時間的話，還是儘快回次家，讓家裏所有的人都趕快離開鄴城。」

李國柱停住腳步，見唐一明一臉憂愁，而且話中似乎有難言之隱，便急忙問道：「唐都尉，此話怎講？」

唐一明嘆了口氣，道：「李都尉，你就別問那麼多了，總之，儘快讓家中的人離開鄴城，等再過幾個月，你就知道了。」

李國柱心道：「此人話中明明知道一些事，卻又不肯直說，不知是何緣故？」

李國柱是士族子弟，整個宗族都在鄴城，若不是家道中落，他也不會淪為一個小小的都尉。李國柱心裏有著遠大的抱負，只是一時不如意，沒有得到發揮罷了。

李國柱是個喜歡追根問底的人，便拱手問道：「唐都尉，你話中有話，是不是有什麼難言之隱？」

唐一明點點頭，道：「鄴城即將面臨一場浩劫，如果不及早離開，恐怕會深受其害。」

「鄴城將會面臨怎樣的浩劫？」李國柱忍不住追問。

唐一明看看四周，見沒有別人，便湊到李國柱耳邊，小聲對他說了幾句話，李國柱的臉上立時現出十分吃驚的模樣。

「唐都尉……你……你說的都是真的嗎？」

唐一明點了點頭，沒再說話。

李國柱沒有再問，心裏卻有些忐忑不安；對唐一明的話也有些將信將疑，一路上魂不守舍的將唐一明帶到太守府。

第五章

亂世出英雄

王凱暗暗觀察著唐一明，他從第一眼見到唐一明時，
就在唐一明身上感到一種冉冉升起的希望。
王凱雖然是文人，卻也懂得亂世出英雄，
當即大聲說道：「我願推舉唐都尉為我們的首領，
帶領我們渡過黃河，進入中原！」

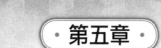

太守府裏。

王凱和巨鹿太守正在商量事情，見唐一明來到，王凱急忙迎了上去。

「唐都尉，一路上辛苦了！來來，快坐！」王凱招呼著唐一明坐到椅上。

唐一明問道：「兩位大人，你們叫我來所為何事？」

巨鹿太守道：「我聽王大人說，這一路上都是你帶領著這些殘兵在和燕軍戰鬥，又巧施妙計數次，以少勝多擊退燕軍；所以想見見你，看你到底是個什麼樣的人？」

唐一明站了起來，拱手道：「兩位大人過譽了，我也只不過是個平凡的人而已。」

巨鹿太守冷笑道：「不過如此嗎？既然你那麼有能耐，不如在我手下做個千人都尉如何？」

唐一明見巨鹿太守對他並不似王凱那樣熱情，或許這正是時代背景所致，文武自古便不能永久和睦，盛世如此，又何況是亂世呢？唐一明來此也只是為了想勸說巨鹿太守撤軍而已，他便不多說半句廢話，直接插入主題，說道：

「如今常山已經被燕狗佔領，巨鹿肯定會成為燕狗進攻的下一個目標。巨鹿城牆雖然高，城內也有不少士兵和糧食，可一旦被燕狗大軍圍住，我想很難突圍，不如現在趁燕狗還沒有攻打巨鹿，先向南撤走！太守大人認為如何？」

巨鹿太守聽完此話，臉上不喜道：「你一個小小的都尉，豈容你在此亂放厥詞？你懂什麼！巨鹿城牆高厚，城內雖然只有一千士兵，但是糧秣充足，就算燕國大軍來襲，抵擋個三五個月也不成問題。你居然讓我放棄此城？」

唐一明反駁道：「太守大人，巨鹿絕對不是久守之地，燕狗兵力過多，如果不分晝夜地攻打，我只怕巨鹿城守不了多少時候。到最後，受苦的還是城中的老百姓。大人！如果在一天之內撤離的話還來得及，再晚，恐怕想走都走不了啦！」

巨鹿太守勃然大怒，覺得唐一明是有意頂撞，眼睛瞪得大大的，十分嚴厲地說道：「哼！這裏我是太守，我說了算，還輪不到你來指揮我！你要是再敢多言，小心我治你一個惑亂軍心的罪名！

王大人，這就是你說的人才嗎？我看是個蠢材！」

王凱見他們兩個快吵起來了，太守畢竟是巨鹿的城主，唐一明只是個都尉，他怕再吵下去唐一明會吃虧，便故意對唐一明說道：

「唐都尉，戰鬥中你是英雄，可在戰略上，恐怕你的眼光就不如太守大人了，這巨鹿城牆高厚，易守難攻，加上城裏還有將近半年的糧秣，我們守衛幾個月是不成問題的；如果燕軍打來，鄴城方面肯定會增派援軍的，只要援軍一到，我們便可以裏外夾擊了。」

唐一明想起夜裏那燕軍將軍說的話，不管是真是假，冉閔一旦被俘虜，那燕國大軍就沒有了顧忌，肯定會乘勢南下，巨鹿是無論如何都守不住的。他提出撤退，並非是膽怯，也不是害怕，而是希望保存實力。

他見王凱和巨鹿太守不聽他的勸說，也不多作解釋，便說道：

「既然如此，那你們就死守巨鹿吧，我帶來的兄弟，我自然會帶走，絕對不會留在巨鹿城裏做無謂的掙扎！」

巨鹿太守見唐一明十分囂張，心中恨不得把他給殺了，在他的眼裏，唐一明不過是個為了生存而投身戰爭的奴隸而已。

巨鹿太守氣急敗壞地說道：「隨便你！走歸走，別想從我手裏拿走一粒糧食！就你那幾百殘兵，走了正好，省得在這裏浪費我的糧食！」

唐一明聽到這些，心中更是來氣，喊道：「此處不留爺！自有留爺處！我就不信，天下那麼大，會沒有我唐一明的容身之地！太守大人！王大人！在下就此告辭！」

王凱見唐一明和巨鹿太守已經鬧僵了，他也無法從中調解，只是不住地搖頭。

巨鹿太守的咄咄逼人，讓唐一明覺得十分不爽。回到營地，唐一明巡視了一下那幾百殘兵，為了生存，他只有將他們帶到南方，渡過黃河到中原去，離開北方這個是非之地。

臨近傍晚時，唐一明將所有乞活軍的士兵聚集在一起，準備將南行的想法說出來。

他剛張嘴，還沒說出話時，便見從軍營外面來了幾個兇神惡煞的人，在一個都尉的帶領下，直接闖了進來。

那個都尉看了眼唐一明，從腰裏掏出一張紙，大聲喊道：「太

守大人有令！唐一明通敵賣國，蠱惑軍心，給我帶走！」

所有的人聽了都十分震驚。

幾個巨鹿城的士兵急忙衝向唐一明，還沒有走到跟前，便被黃大、黃二、劉三、胡燕等人給攔住了。

黃大眼睛瞪得賊大，大聲問道：「你們他娘的是不是搞錯了？唐都尉？他會通敵賣國？瞪大你們的狗眼看看，站在你們面前的是唐都尉！」

那個都尉道：「沒錯！就是他，唐一明！太守大人要拿的人就是他！」

「我看你們誰敢？」

黃二瞪著他那隻獨眼，將魁梧的身軀擋在唐一明前面，叫道。

都尉眉頭一皺，道：「你們想造反嗎？」

「造反？造你娘的反！你算老幾？我們是陛下帳前的勇士，都是跟隨陛下出生入死的人，我們在前面打仗，你們連個糧食都供應不上！這些我們都不追究了，現在倒好，你們竟然敢抓我們都尉？你們是不是都不想活了?!」黃大厲聲說道。

「殺了他！殺了他！殺了他！」

所有的傷軍全部叫了起來，他們都是乞活軍，跟這些守城的州郡的兵本來就不是很合，想起以前經常餓著肚子打仗就來火，現在聽到他們又要抓唐一明，群情立時激怒。

幾個乞活軍士兵將那幾個巨鹿守兵給按倒在地上，都尉急忙退後了好幾步，大叫道：「你們……你們真的想造反嗎？」

「都給我住手！」唐一明大聲喊道。

「都尉，他們要抓你，還給你安了個通敵賣國的罪名，這口氣你能咽得下去嗎？」黃大問道。

唐一明想了想，應該是他勸巨鹿太守撤退時言語過激，從而激怒巨鹿太守，又怕他真的帶走那些殘兵，亂了軍心，這才要把他殺了。

他十分憤恨，沒有想到巨鹿太守會做得這麼絕！他厲聲說道：「你回去告訴你家大人，我說的都是實話，如果真的想殺我的話，讓他親自來！」

都尉見這些乞活軍十分彪悍，不敢招惹，而唐一明又深得他們的擁護，一時抓不到人，只好怏怏而退。

「把他們也放了！」唐一明見還有幾個士兵被乞活軍的士兵給按在地上，喊道。

那些巨鹿城的士兵走了之後，黃大和乞活軍士兵都用好奇的眼神望著唐一明。

黃大問道：「都尉，那狗官到底為什麼要抓你？還給你羅織了罪名？」

唐一明看了看自己的周圍，他能感受得到所有士兵都對他十分的維護，他靈機一動：如果我要勸他們和我一起離去，他們心中寄存陛下，肯定不會離開，這件事剛好給了我一個機會，我何不利用此事來做下文章，帶他們離開呢？

李老四拄著一根長戟，走到唐一明身邊，對他說道：「都尉，你是不是得罪了那狗官？」

唐一明故作哀傷，嘆了口氣道：「我早上去見太守，希望他帶領所有的人撤離此地，他沒有接受。」

「撤離此地？為什麼要撤離此地？」黃大不解地問道。

唐一明道：「你們想想，常山已經被燕狗佔領了，巨鹿肯定會成為燕狗的下一個目標，我們本來是為了給陛下籌集糧食而出來的，現在好不容易找到糧食了，一旦燕狗包圍此城，我們很難突圍，那陛下也就會受到饑餓之苦。我勸太守放棄此城，帶上所有的糧秣和人馬，先避開燕狗的主力，然後繞到燕狗背後給陛下送糧食，可是太守不肯，說要利用糧食堅守此城，我告訴他，讓他們堅守，我帶領我的部下出城，沒想到……哎！這都怪我，我不該去勸說太守的。」

黃大也是個熱血的漢子，加上被那些地方上的官吏欺負夠了，便忿忿地喊道：「都尉！殺了那個狗官，由你接手巨鹿城！」

唐一明聽到黃大如此說，頗合他的心意，如果真的殺掉那個太守，不僅可以控制大局，還可以把糧食給運出來，這樣的話，真是一舉兩得。

「對！殺了狗官，接手巨鹿！」黃二、李老四、劉三、胡燕一起喊道。

其他士兵也隨聲附和地喊道：「殺了那狗官，接手巨鹿，咱們

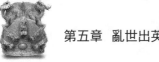

自己帶著糧食出城！」

唐一明看到士兵的憤怒已經被他給挑起來了，便問道：「你們真的願意跟我走？不怕死嗎？」

黃大、黃二、李老四、胡燕、劉三等人異口同聲地叫道：「我等誓死追隨唐都尉！」

唐一明聽到他們的豪言壯語，便喊話道：「走！抄傢伙，到太守府殺了太守，接手巨鹿！」

唐一明只帶領五十個精銳人馬，全副武裝，讓剩下的人保護傷患，徑直奔到太守府。

守衛在太守府門前的士兵見了，急忙叫道：「你們幹什麼？」

黃大瞪大眼睛，厲聲叫道：「不想死的都給我讓開！」

那幾個士兵見到這種陣勢，都不敢阻擋，急忙讓開了路。

唐一明領著黃大等人衝到太守府裏。

巨鹿太守、王凱和那個都尉站在大廳裏，見到唐一明等人帶著武器衝進來，大吃一驚。

巨鹿太守更是害怕之極，連連後退，道：「你們……你們這是要幹什麼？」

黃大一看見巨鹿太守便衝了上去，巨鹿太守還沒有來得及跑，便被黃大抓到了。

「你還想跑？狗官！」

黃大抬起腳，把巨鹿太守踹到地上，他轉過身子，對王凱和那個都尉叫道：「此事與你們無關，誰要是亂動，就殺死誰！」

王凱站在那裏不動聲色，都尉卻戰戰兢兢的，不敢亂動。

巨鹿太守發出顫顫的聲音叫道：「你們要幹什麼？」

「都尉！殺了他！」黃二叫道。

「殺了這個狗官！」乞活軍的士兵們叫道。

巨鹿太守一臉驚恐，急忙跪倒在地上，向唐一明磕了好幾個響頭：「唐都尉……不！唐大人，唐大爺！是我不好，我不該想出這樣歹毒的方法，求你放過我吧！」

唐一明提著手中的長戟，看著圍成一圈的乞活軍士兵，有點遲疑，問道：「真的要殺了他嗎？」

黃大叫道：「大人，你不殺他，他肯定會殺你，巨鹿城裏還有他的一千士兵，你要考慮清楚！」

唐一明想了想，覺得黃大的話有理，心中一橫，道：「太守大人，你先不仁，就別怪我不義了！」

話音剛落，便見唐一明舉起手中的長戟，刺入巨鹿太守胸膛，那太守一聲慘叫，便倒在血泊當中。

邊上那個都尉見到這種狀況，拔腿就跑，剛跑到門口，便被黃二擲出的長戟貫穿身體，一命嗚呼了。

王凱看到眼前發生的一切，嘴角露出淡淡的笑容。

唐一明走到王凱旁邊，對王凱畢恭畢敬地道：「王大人，讓您受驚了！」

王凱道：「唐都尉，你既然殺了太守，此地就由你接管吧，趕緊率領軍隊離開巨鹿！」

唐一明還沒有說話，便見李國柱從外面闖了進來。

李國柱一見到大廳中此等情形，臉上面無表情，十分鎮定。他瞅了眼地上巨鹿太守的屍體，大聲罵道：「狗官！死了正好！」

黃大、黃二等乞活軍士兵列成兩列，站在大廳邊，他們聽出李國柱對這個太守也心存恨意，便筆直地站在那裏。

李國柱跨過都尉的屍體走進大廳，拱手對唐一明道：「唐都尉！巨鹿城裏的一千士兵，甘願聽候唐都尉的調遣！」

「都尉，既然王大人和都尉大人都這麼說了，你就同意了吧。」黃大在一旁鼓吹道。

唐一明便不再客氣，道：「既然如此，那我就帶領大家，從現在起開始撤離！」

該怎麼撤離，他早就計畫好了，所謂得民心者得天下，他對這句話深信不疑。更何況，他也不願意看到這些百姓淪為胡人的奴隸，被胡人無情地踐踏。儘管帶著民眾走得會慢點，但是他堅信船到橋頭自然直，自己一定能夠把這些百姓從胡人的鐵蹄之下救出來的。

唐一明扭臉問道：「李都尉，巨鹿城裏有多少百姓？」

李國柱一怔，「連年戰爭，百姓大部分逃了出去，現在城中剩有三千戶百姓。唐都尉，你莫非是想帶領這些百姓一起撤離？」

唐一明點點頭道：「當年劉備被曹操狂追，大軍臨近身前，還不是一樣攜民渡江？前人做的事，我為什麼不能做？何況，燕狗一定會大軍來襲，巨鹿不宜久守，如果我們走了，吃苦的還是老百姓，我們不能丟下他們不管。李都尉，你現在趕緊率領城中那一千名士兵去通知城中的老百姓，讓他們帶上能帶的細軟，儘快到南門口集合。」

李國柱拱手道：「唐都尉如此心繫百姓，令我十分佩服。我這就去號召百姓，太守府後面的糧倉裏還有二百多車的糧食，請唐都尉帶人一併將糧食運出，千萬不能留給燕狗一粒糧食。都尉大人，我先告辭，咱們南門見！」

王凱捋了捋他的山羊鬍子，緩步走到唐一明身邊，用十分疑惑的目光看著唐一明道：「唐都尉，你考慮清楚了嗎？帶上百姓走的話，一路上會有很多麻煩。」

唐一明又何嘗不知道這一點，可是他不願意丟下這些百姓，冉閔敗亡是遲早的事，他不會投靠燕狗，更不會返回鄴城。東晉是漢人的朝廷，那裏可謂人才濟濟，他帶上這些百姓前去，可能會受到隆重的接見，做個太守之類的也極有可能。

他鄭重其事地說道：「我考慮得十分清楚，如果連我們都不顧及咱們漢人老百姓的生命，那麼我們和那些野蠻的胡人有什麼區別？」

王凱一怔，他沒有想到眼前這個人竟然對老百姓那麼關心，激起了他心中的一絲熱血。朗聲道：

「我王凱雖然不是什麼心懷天下百姓的人，但是體內始終流著的是漢人的血，都尉的一席話，讓我實在汗顏，也十分佩服，如果朝堂上多幾個像唐都尉這樣的人，軍民萬眾一心，我們大魏也絕不會被鮮卑人逼迫到這一步。唐都尉，這一路上，王某願意聽從都尉的調遣。」

唐一明笑笑對站在背後的劉三說道：「劉三，你快去召集咱們的人，到南門等候，我帶領他們去糧倉運糧。」

夕陽西下，晚霞滿天。

巨鹿中的三千戶百姓，加起來有六千多人，都是老人、孩子和女人，壯漢都被抓去充軍了，死活根本無人知曉，這些殘餘的老弱一聽軍隊要帶著他們撤離這個地方，百姓臉上都十分高興，急忙收拾好隨身攜帶的東西後，便聚集在巨鹿城的南門前。

一會兒，唐一明和乞活軍的弟兄一起，用馬拉著一車車的糧食從城裏出來。

唐一明看到城門口這將近八千人的隊伍，將早已想好的撤離方案吩咐下去。他按照戶籍編制，每十戶編成一個小隊，由一個士兵帶領，這樣一來，就形成了有效的隊形編制。剩餘的士兵護衛著糧車，乞活軍的重傷士兵仍交給劉三照看。

另外，為了防止追兵，唐一明還特意做了疑兵之計，故意把西城門外的地方佈置成一片狼藉，顯示出倉惶逃跑的樣子，以迷惑燕狗。

做完這些準備，已經是黃昏時分了。所有人在唐一明的一聲令下，開始向南撤離。巨鹿城裏霎時空無一人。

因為帶著老百姓，前進的速度很慢，到入夜時，不過才走了二十里地。唐一明、黃大、黃二走在隊伍的最後面，他們害怕有追兵，時不時地向後張望。

一輪殘月掛在夜空中，也開始吹起了微風。唐一明見行軍緩慢，便讓老人和孩子坐在糧車上，其他人步行跟隨。

「都尉，這樣下去，恐怕不是辦法啊。這麼緩慢的速度，要走到什麼時候啊？」黃大走在隊伍的最後面，對並排行走的唐一明說道。

唐一明輕輕地嘆了口氣，說道：「這也是沒有辦法的事，如果我們走了，把老百姓給留在那裏，我的良心上會受到譴責的。大黃，這裏一路向南，最近的地方是哪裡？」

「廣宗。廣宗過後，再往南是廣平，東南是清河。都尉，我們走出這麼遠了，該怎麼把糧食送到陛下那裏？」黃大道。

唐一明見黃大等人始終沒有忘記冉閔，不知道該怎麼回答。他早已知道後面的歷史，冉閔被殺，鄴城被圍，幾個月後，魏國的領土上將會遍佈插著燕國的旗幟。對他來說，現在不管是魏國還是燕國，都已經無法阻擋他向南渡過黃河、遠離北方這個亂世的心思了。

良久，他才緩緩地說道：「我已經派胡燕扮作燕狗的士兵去打探消息去了，這時候如果沒有偵察兵，就會像瞎子和聾子一樣。胡燕會說燕狗話，派他去正合適。」

「偵察兵？啥叫偵察兵？」黃大和黃二同時驚呼道。

唐一明解釋：「偵察兵嘛，就是去偵查敵人情況，刺探消息之類的人。」

黃大糾正道：「都尉，那叫斥候，不叫偵察兵！」

「斥候？」唐一明對古時候兵種的稱謂不是很瞭解，問道。

黃大道：「嗯，斥候是專門負責打探消息的，只可惜我們的部隊裏沒有一個這樣的人，現在胡燕當斥候，我相信他一定會搞到情報的，他為人機警，等他回來，我也要好好問問消息。」

唐一明和黃大、黃二就這樣邊走邊聊，一路跟在隊伍的最後面。

約莫走了一個多小時，李國柱從前面過來，對唐一明說道：「唐都尉，我看老百姓都走累了，要不要停下來歇息一會兒？」

唐一明習慣性地看了看手腕，想看看是什麼時間，結果什麼也沒有看到，他撇了撇嘴，道：「嗯，也好，那就休息一會兒吧！休息完了，我們繼續前行。」

於是，長長的隊伍停在路邊休息。

唐一明看著夜空，絲毫不感到輕鬆，他要走的路還很長，從這裏渡過黃河，照這樣的速度走，至少還要十幾天。

一匹快馬從後面趕了過來，那人穿著黑色的戰甲，看到停在路邊的隊伍，朝他們揮了揮手。

「都尉，好像是胡燕。」黃大說道。

胡燕翻身下馬，一臉的驚慌，對唐一明說道：「都尉，我們剛走沒有多久，燕狗的三萬大軍便進了巨鹿城，一部分向西追了過去，我趁機混入城中後，打探到了陛下的消息……」

「陛下有什麼消息，快說！」黃大十分緊張，立刻打斷了胡燕的話。

胡燕的聲音變得十分微弱，臉上充滿了哀傷的表情，緩緩說道：「陛下領著軍隊和燕狗交戰，因為寡不敵眾，導致大敗。陛下成功突圍後，因座下馬匹倒地不起，被燕狗擒住，送到了燕狗的國都薊城。結果……結果被燕狗的大王給殺害了！」

黃大、黃二聽了，立時癱軟在地上，哀嚎道：「陛下！你怎麼能丟下我們不管啊！」

一時間，噩耗傳遍整個隊伍，聽到冉閔被殺消息的民眾和士兵都紛紛落淚哭喊著，整個隊伍都沉浸在傷感中。

良久之後，李老四拄著長戟一瘸一拐地走過來，一臉淚水地對唐一明道：「都尉，陛下已經駕崩了，我們這些人還活著幹什麼啊，請你帶領我們去打燕狗，一定要殺光燕狗，替陛下報仇！」

唐一明勸道：「你們都冷靜點！就我們這幾百人，還有許多傷兵，就算去了，也是白白的送死，能殺死幾個燕狗？陛下駕崩，我心裏也很難受，我們能做的，就是好好地活下去，養精蓄銳，尋求戰機，再和燕狗打！」

「陛下駕崩，我們乞活軍的兄弟也大都陣亡了，就剩下我們這幾百號人能幹什麼？不如以死追隨陛下吧！」黃大突然站了起來，抽出身上那把鋒利的匕首，一臉決絕地說道。

在黃大的心裏，冉閔是如神般的存在，是戰無不克的戰神，他的死深深地觸動了他的內心，恨不得自己替冉閔死上千百回。

還好唐一明眼明手快，急忙抓住黃大拿著匕首的手，使勁全身力氣阻止他。

「懦夫！你除了去死，就沒有別的辦法了嗎？口口聲聲地說替陛下報仇，你們都死了，誰去殺燕狗？誰去替陛下報仇?!如果你們真的想為陛下報仇，就給我好好地活著，只有活著，報仇才可以成為可能！國破山河在，難道你們沒有聽說過嗎？只要我們還活著，陛下就永遠不會死去，他永遠活在我們的心裏。只要我們好好地活著，先找個棲身之地，靜靜地等待著，忍辱負重，他日一定可以東山再起，也可以重整山河，剿殺那些燕狗！」唐一明用盡了全身的力氣慷慨陳詞，喊出這番話。

黃大的臉略微動容，其他的乞活軍士兵也是如此，唐一明的這番話點醒了他們。

「對！都尉說的沒有錯！我們要好好活著，我們是最後一批乞活軍，為了陛下，為了我們自己，我們要好好地活下去。我相信都尉的話，只要活著，什麼都有可能！」劉三大聲說道。

「我們一定要好好地活著，替陛下報仇！」黃二內心深受觸動，將手高高地舉起，大聲喊道。

李老四、胡燕和其他士兵也一起喊著：「好好地活著，替陛下報仇！」

黃大此時丟下手中的匕首，臉上掛滿熱淚，堅強的外表掩蓋不住他內心的脆弱，他一下子撲在唐一明的懷裏，大聲說道：「都尉！我們聽你的，從此以後我們都聽你的，只要你帶領我們替陛下報仇，讓我們做什麼都行！」

唐一明拍拍黃大的後背，環視一周，見眾人臉上都還十分傷感，便道：「我們一定要化悲痛為力量，要好好地活下去，然後尋求機會替陛下報仇！」

劉三眼中浸滿淚水，大聲喊道：「化悲痛為力量，替陛下報仇！」

「化悲痛為力量，替陛下報仇！」

數百名乞活軍同聲發喊，聲音傳遍了整個隊伍，每個人心裏都充滿了對鮮卑人的敵視，對世道的憤恨。

唐一明覺得機會來了，環視四周，喊道：

「鄉親們！兄弟們！現在已經到了非常時期！陛下雖然駕崩了，但是只要有我們在，我們一定會替陛下報仇的！國破山河在！我們現在要做的，就是儘快遠離此地，遠離北方，渡過黃河，到達中原！然後找一片淨土，好好地生活下去。我相信，只要我們活著，總有一天我們還會打回來的！燕狗殺了我們的皇帝，肯定不會有什麼好下場，就算他們佔領了我們的土地，也不會得到我們的心，我詛咒燕狗，詛咒他們的土地遭受天災。陛下絕不會白白駕崩的，所以，我們要好好地活下去！」

唐一明的豪言壯語，讓李國柱深深地震撼，他看到了一股強大的向心力，或許，現在漢人所需要的，就是像唐一明這樣能夠頂起大梁的人。

他不禁大叫：「好！好個國破山河在！請大家記住這一刻，我們一定會打回來的，到那時一定要打到燕狗的國都去，殺了他們的皇帝，替陛下報仇！」

士兵們和民眾都受到極大的鼓舞，同聲高呼道：「好好地活著，替陛下報仇！」

李國柱也高聲叫道：「跟隨唐都尉，渡過黃河！」

「跟隨唐都尉，渡過黃河！」

王凱站在另外一輛糧車上，暗暗觀察著唐一明，他從第一眼見到唐一明時，就在唐一明身上感到一種冉冉升起的希望。

王凱雖然是文人，卻也懂得亂世出英雄，他借助這個情景，當即大聲說道：「俗話說，蛇無頭不走，如今我們正是需要一個領頭人的時候，我是當朝諫議大夫，像唐都尉這樣對陛下忠心耿耿的人，我還是頭一次見到；不僅如此，唐都尉剛剛還讓我們免於一場戰爭，他有未卜先知的能力，更有一夫當關、萬夫莫開的勇氣。如果由唐都尉帶領我們，我相信絕對會無往而不利的。我願推舉唐都尉為我們的首領，帶領我們渡過黃河，進入中原，然後伺機為陛下報仇！」

黃大等乞活軍士兵早已將唐一明當成了首領，於是，所有士兵齊聲高呼道：「我等願意誓死聽從都尉調遣！」

李國柱更是趁勢而起，高聲道：「我願意奉唐都尉為首領，甘心聽令於他。」

他手下的那一千名士兵，見到自己的上司都喊出了這話，當即也喊道：「我等也願意聽從唐都尉調遣！」

三千戶老百姓見大勢所趨，對他們來說，誰是首領都無所謂，只要能給他們好日子過，他們就尊誰為首領，於是甘心俯首道：

「我們願意跟隨唐都尉！」

這一變故來得太快了，唐一明瞬間被推舉為首領，他看著眾人道：「既然如此，那我就帶領大家過河進入中原，為大家尋求一個避世之地，讓大家過上好日子。一有機會，我們便替陛下報仇雪恨！」

「都尉官職太小，不能號令更多的人，從這裏到黃河，肯定有不少流民，我建議由唐都尉暫行車騎將軍之職！」王凱說道。

「拜見唐將軍！」

「我等參見唐將軍！」

唐一明聽到這些聲音，突然感到一種從未有過的壓力。他起初只是不想讓這些人落入鮮卑人的手裏：帶領乞活軍突圍，也只是不希望他們白白送死；殺掉巨鹿太守更是出於自保，他沒有想到，種種的行為，卻將他在軍隊裏的威望豎立了起來。他既然決定帶領他們，他的肩膀上就有了更大的責任。

唐一明道：「大家既然願意跟著我，那我就一定會對大家負責，為了大家的安全，現在趕緊繼續前行吧，如果累了，可以坐在糧車上，我絕對不會丟下一個人！」

冉閔的死對大魏的人民來說是個打擊，但對唐一明來說，卻是極大的機會。冉閔死了，唐一明也不用再借著給他送糧食的幌子，可以大搖大擺地將他們帶到他想到的中原去。於是，這支將近萬人的隊伍，改變了原定的路線，以緩慢的步伐行走在通往清河的官道上。

燕軍的騎兵暫時還沒有追來，也許他們還處在不費一兵一卒便能拿下城池的喜悅中，又或許正在四處搜查著城中的每一處角落，看看有沒有什麼值錢的東西吧。

唐一明為了謹慎起見，仍把胡燕給派了出去，讓他繼續完成偵查任務。

一行人走走停停。到了後半夜，唐一明不得不下令所有人原地休息，他們已經到了人困馬乏的地步了。

唐一明走到乞活軍士兵停留的地方，他看到他們還沉浸在傷痛中，臉上更是十分的沮喪。

唐一明坐到黃大的身邊，安慰道：「大黃，振作點，咱們還要給陛下報仇呢，千萬不能這樣洩氣。是男人就要忍，只有忍住了，才能有反擊的機會。咱們不是說好了嗎？化悲痛為力量，前面還有好多困難等著我們呢。」

黃大沒有說話，只是低著頭，靜靜地坐在那裏。這一刻，或許只有他自己才知道他在想什麼。

唐一明又看了看其他人，個個都垂頭喪氣的，沒有一點精神，不禁喊道：「你們如果還是條漢子，就都給我振作起來！人生自古誰無死，留取丹心照汗青。做為一個軍人，陛下是為了國家而死的，也是為了你們而死的！臨行前，陛下就派來親隨騎兵，讓我好好照顧你們，如今陛下已經駕崩了，你們再怎麼沮喪，陛下也不會活過來！與其這樣頹廢，不如振作精神，只要我們心中有陛下，陛下就永遠不會死！」

獨眼的黃二看了一眼唐一明，站起來，走到黃大的身邊，一把將黃大拉起來，雙手搭在黃大的肩膀上，說道：「哥！將軍說的對，陛下並沒有駕崩，而是活在我們的心中。你常常教我忍辱負重，現在就是我們忍辱負重的時候，你快給我振作起來。」

黃大推開黃二的雙手，仰天看著夜空中的一輪殘月，眼裏流出兩行眼淚，順著臉頰滴落到地上。

李老四此時也站了起來，拄著長戟，一瘸一拐地走到黃大的身邊，用佈滿血絲的眼睛緊緊地盯著黃大。

「黃大，你他娘的看著我！」

李老四受過那一次箭傷，腿便瘸了，身體也變得虛弱起來，就連喊出的聲音也有點微弱和沙啞。

「李老四，你那張刀疤臉，有什麼好看的，醜死了！」

黃大聽到李老四的聲音，用袖子在臉頰上抹去了眼淚，淡淡地說道。

李老四抬起了手中拄著的長戟，朝黃大的身上揮打了一下，說道：「你還欠老子一份糧食呢，老子為什麼不能過來找你要？」

其他人一聽到這裏，都哈哈地笑了起來，然後開始互相議論著。

唐一明走上去，一隻手搭在李老四的肩膀上，另一隻手搭在黃大的肩膀上，同時在他們兩人的肩上輕輕地拍了一下。

「呵呵，看見你們還和以前一樣，我很欣慰，從此以後，我們兄弟齊心，一起走下去，為陛下報仇！」

唐一明見黃大的情緒有所好轉，心裏鬆了口氣，開心地說道。

黃大望著唐一明，眼神中充滿了感激。

第六章

美少女戰士

馬背上的人英姿颯爽，青黛色的柳眉，
高挺的鼻梁，豐潤的紅唇，
配上烏黑柔順的短髮，俊朗中透著一股英氣，
分明的五官與波光瀲灩的眸子搭配在一起，
將這股英氣化為驚心動魄的嫵媚，
讓人一見就不自覺地沉醉。

不一會兒，原本寂靜的乞活軍又恢復了熱鬧，不再是剛才那副死氣沉沉的樣子。

「將軍！」

唐一明背後傳來一個聲音，他轉過身子，看到李國柱，見李國柱的臉上掛著一絲哀愁，便問道：「李都尉，你是不是有什麼心事？」

李國柱點點頭，道：「將軍，我確實找你有事，我想……」

唐一明見李國柱欲言又止，打量了一下四周，猜測他有難言之隱，或許是覺得人多口雜，於是說道：「跟我來！」

兩人來到僻靜之處，李國柱嘆了口氣，小聲說道：「將軍，我想就此拜別將軍！」

唐一明聽到李國柱要離開，想起李國柱的家在鄴城，他曾經告訴李國柱鄴城即將面臨慘事，便問道：「李都尉，你是不是在擔心你的家人？」

「嗯，我聽將軍說過那件事後，心裏總是不能靜下來，怕萬一真如將軍所說，那我的家人豈不是都要遭到厄運了？所以，我思來想去，決定暫時離開將軍，回到鄴城，動員我的家人、族人和百姓，一起逃出鄴城，儘早避難。」李國柱擔憂地說。

唐一明「嗯」了一聲，說道：「我也正打算派人去鄴城呢，希望能夠解救一些百姓出來，讓他們免於戰火的侵擾。現在既然你提出來了，我又怎麼能夠不答應呢？這樣吧，我讓王凱和你一起回去，多一個人就多一份力，多帶些百姓出來，咱們就等於多救了一些人。」

李國柱臉上有點將信將疑，又問了一遍：「將軍，你說的事，真的會發生嗎？」

唐一明道：「我知道你還在懷疑我說的話，不過，我可以鄭重地告訴你，這事千真萬確，如果現在不儘早從鄴城裏撤出來，到了真正發生的時候，恐怕你想出來都出不來了。」

李國柱聽了，當即拱手道：「將軍！我相信你！我會把宗族的人都帶出來，再多帶些百姓出來。可是，我與將軍失散，又該在哪裡會合呢？」

唐一明想了想，脫口說出：「泰山吧！我們在泰山會合！」

李國柱點點頭，道：「將軍！我想今夜便走，趁著夜色，可以免去一些不必要的麻煩。」

「那我這就去叫王凱來，他是諫議大夫，在朝中應該有點影響力，希望他能說服更多的人一起出逃。」

「不用了，我已經來了！」

王凱的聲音從兩人背後傳來，他見李國柱去找唐一明，似乎在商議著什麼，便跟了過來，剛好聽到李國柱的話，便接上話。

王凱呵呵笑道：「將軍，李都尉，你們二人在此商議什麼？找我又有什麼事啊？」

唐一明說道：「幾個月後，鄴城即將發生變故，燕軍圍城，城內無糧而食人，死者恐怕會有幾十萬。所以，我想請你和李都尉一起潛回鄴城，儘量說服多一點的人趕緊離開鄴城。」

王凱用驚奇的目光望著唐一明，問道：「將軍，你怎麼知道得這麼清楚？」

「這只是我的推測，燕狗凶殘，如今陛下又駕崩了，大勢所趨，燕狗的軍隊肯定會滾滾南下。鄴城做為國都，肯定是要受到攻擊的。」唐一明淡淡地說道。

「推測？哦，我明白了，將軍肯定是善於夜觀天象，但凡有大事發生，天空中的星相總會顯示出來。真沒想到將軍還有這種能耐，實在令屬下佩服！」王凱連忙拱手道。

「夜觀天象？」

唐一明抬起頭，看著天空，除了一輪殘月和一些稀少的星星外，他沒有發現有什麼不同的。

李國柱也看了看夜空，他雖然聽過有夜觀天象這一說，卻始終以為這等高超的本領不是一般人能夠掌握的，見唐一明有這個能耐，打心裏佩服唐一明。

「將軍，你可真是深藏不露，這麼高深的學問你都會，我實在是佩服不已。」李國柱在一邊說道。

唐一明對王凱說道：「王大夫，不知道你願意不願意跟李都尉一起回鄴城？」

王凱捻了捻鬍子，略微思索了一番，然後點點頭道：「將軍，我的家室都死在戰亂中，如今只剩下我一個人，我家雖然不在鄴城，可是如此重大的任務，我又如何能不去呢？將軍，你就請下命令吧，我王凱就算赴湯蹈火，也在所不辭。」

唐一明哈哈笑道：「好，既然如此，那麼王大夫今夜便可與李都尉一起走，我已經將會合的地點決定好了，就在泰山。」

天色微明，唐一明一行人快到清河時，百姓們已經累得不行了，加上饑餓，唐一明不得不下令暫時休息一下。

唐一明走到後軍，數了數糧車，這次吃飯，居然耗掉三十二車的糧食。他的眉頭皺了起來，照這個吃法，車上的糧食也維持不了多久。一路上看到的都是荒蕪的良田，沒有人煙的村莊，如果一直這樣下去，糧食萬一沒有了，那該怎麼辦？

「得得得！」

從大道上奔來一匹快馬，馬上的騎士是胡燕。

胡燕騎著那匹快馬，穿著燕軍的黑色戰甲，快速地奔到停在路邊的部隊那裏。

唐一明見到胡燕的臉上很是緊張，便急忙走了過去，問道：

「怎麼樣？燕狗有什麼動向？」

胡燕一下馬便急急說道：「將軍！燕狗向西沒有搜索到我們，知道中計了，便在巨鹿城駐紮了一夜，拂曉的時候，派出了五千騎兵，分別向東和南兩個方向追尋咱們。現在已經有兩千騎兵順著這條道路追過來了，不出半個時辰，他們就要到了。」

唐一明皺著眉頭，黃大和一些乞活軍聽到，便圍了過來。

「來得正好！老子不去找他們，他們這些燕狗居然還敢追過來。將軍！我們現在有一千多號兄弟，兩千燕狗的騎兵算什麼？不如和他們大幹一場，殺他個片甲不留！」黃大眼裏露出兇惡的光芒。

「將軍，這些臭胡虜欺人太甚，黃大說的沒有錯，兩千燕狗騎兵算個什麼東西，我們就和他們大幹一場吧！」李老四拄著長戟，一瘸一拐地從人群中擠了出來，用沙啞的聲音說道。

唐一明扶起了半跪在地上的胡燕，環視一圈，看到乞活軍士兵的臉上都是憤怒，擺擺手道：

「不行！當務之急，是趕快撤離此地，如果和燕狗打了起來，那這些百姓誰來保護？兩千燕狗的騎兵實在太多，這裏又是大道，適合騎兵展開攻擊，我們打勝的機會很小。我得想個辦法，將這些騎兵一點一點地蠶食。」

「反了反了！這世道真的是反了！以前都是我們追著燕狗打，現在改成燕狗追我們了！真他娘的操蛋！如果將軍真有辦法解決掉這些燕狗，早殺晚殺都一樣，只要不放過這些燕狗，我沒有任何意見。」黃大極其不耐煩地說道。

唐一明聽到黃大的話，便道：「好！既然如此，那你們都聽我的。劉三！你領五百巨鹿士兵，將民眾按二十戶編制成一個小隊，護衛百姓和重傷的兄弟繼續向前走，如果清河有咱們的軍隊，就讓他們支援一下！」

「怎麼又是我？將軍，我就不能留下來參加一次戰鬥嗎？」劉三顯得十分的不情願。

唐一明呵呵笑道：「以後戰鬥的機會還多著呢，現在帶走百姓和傷兵才是最重要的。」

唐一明讓人召集來五百士兵，留下五百士兵讓劉三帶領著繼續向前走，把重傷的士兵放在馬車上，走不動的百姓都輪換著坐上糧車。

唐一明特意從乞活軍中挑選了五十名能征善戰的士兵，李老四瘸著腿，偷偷地留了下來。於是，唐一明便帶領剩下的五百五十名士兵留下來負責牽制追兵，不讓那些追兵靠近百姓和糧車。

吩咐完，兩隊人馬便分開，唐一明沒有讓百姓知道是追兵來了，怕引起恐慌，對行軍和人心都極為不利。

這是一條大道，路很寬，可以並排行走十匹馬，可是對身為步兵的唐一明來說極為不利。因為追兵為兩千騎兵，這些騎兵都是在戰場上有作戰經驗的，可唐一明的周圍除了那五十名身經百戰的乞活軍士兵外，其他五百名士兵有的甚至沒有參加過戰鬥。

當唐一明告訴他們留下來是為了完成堵截任務的時候，他可以看得出來，這些人的臉上顯現出一絲驚恐，更多的是害怕。

唐一明吩咐士兵砍斷一些樹枝，把它們放在大路上，為的是使追兵的速度減慢。一些士兵分別埋伏在障礙物兩旁，一部分人埋伏在尾部，唐一明則帶著少數士兵站在大路上，等待著燕狗騎兵的到來做誘餌。

豔陽高照，才是五月的天氣，太陽竟然如此的毒辣。大道上，唐一明領著三十個士兵站在那裏，手中握著長戟，持著盾牌，表情都十分的凝重。

唐一明身後站著黃大，周圍是巨鹿的士兵，他們臉色鐵青，絲毫沒有唐一明和黃大的那種鎮定。

「不就兩千燕狗騎兵嗎？你們害怕個鳥！」黃大看到身邊一個士兵全身發顫，衝他大聲喊道。

那個士兵腿上直哆嗦，緊張地說道：「我……我是第一次參加戰鬥，以前沒有殺過人，就我們這些人，能……能抵擋得住那些騎兵嗎？」

黃大叫道：「你他娘的還算個漢子嗎？瞧你這個熊樣，怎麼會有人要你這樣的人當兵？」

「我……我也不想參軍啊，都是他們把我抓進來的。」那個士兵很無奈地答道。

唐一明耳朵聽到一陣雜亂的馬蹄聲，神情也變得緊張起來，看到面前這些障礙物，如果燕狗的騎兵停止不前，那麼他的計策就沒有一點用處了。

「你他娘的倒是把手中的長戟拿緊啊！燕狗來了，能把你給吃了啊！」黃大叫道。

唐一明指揮道：「讓他滾到後面去！其他人跟我一起上！」

黃大一將那個士兵推了出去，那個士兵一個踉蹌倒在地上，滾了兩滾，發出一聲輕微的喊叫聲後，便不再起來了。

「哼！你真他娘的是個廢物！」黃大罵道。

唐一明持著盾牌朝前面走了過去，黃大和其他士兵緊隨其後。

燕軍的騎兵隊伍中湧來一個穿著厚鎧甲的將軍，那人看到前面的障礙物，又看到魏國士兵朝障礙物中間走過來，哈哈大笑了起來。

燕軍將軍用鮮卑話對身邊的騎兵說道：「這些漢人真是異想天開，以為用這些堵住道路，我們就拿他們沒有辦法了嗎？傳令下去，也不需要用箭射了，就這幾十個人，我們一人吐一口唾沫也能把他們淹死。全軍下馬殺過去，把那些擋車的漢人統統殺掉，然後再向前追擊。哈哈哈！」

燕軍將軍聲音落下，便聽見一個燕軍騎兵用鮮卑話高聲叫道：「將軍有令，全軍下馬，屠戮這些不知死活的漢人！」

追擊來的兩千燕軍騎兵下了馬，持著長槍，背著長弓，腰裏挎著箭囊，徑直走在障礙滿地的路上。唐一明見到燕軍騎兵全下了馬，陸續走過來，心中暗自竊喜。

「我們停在這裏，等他們過來，越深入越好！」唐一明站在大路中間，對身後的士兵說道。

「將軍，你怎麼知道這些燕狗一定會下馬？」黃大疑惑地問道。

唐一明淡淡說道：「如果我們全部埋伏在道路兩邊，中間的路上卻看不到一個人，或許燕狗們會產生懷疑，他們必定不會下馬；我們若是少數人站在中間，做出一番擋住他去路的樣子，他們會以為我們是留下來斷後，掩護大部隊撤離的。你別忘了，我們留下的巨鹿城可是一座空城，他們一路追擊過來，為的就是奪點好處，所以必定會沒有什麼防備，向前挺進，這樣一來，剛好進入我們的伏擊圈。」

黃大聽到唐一明如此解釋，不禁感到十分佩服，想起先前對他的大喊大叫，不覺有些愧疚，心服口服地說道：「將軍，以後不管做什麼，黃大都聽你的，不再頂撞將軍了！」

唐一明笑了笑，沒有回答。

燕軍騎兵一步一步地逼近了，他們為了躲避那些障礙物，原本的隊形一下子變得潰散不堪。不過，燕軍將軍還在洋洋得意，並不在乎。

當燕兵走過一半障礙物堵塞的道路時，唐一明命令士兵後退，故意裝出一番落荒而逃的模樣。

燕軍將軍揮動著手中的馬鞭，用鮮卑話大聲喊道：「殺過去！不能放走一個！」

燕兵聽到將軍的叫喊，當即衝了出去。

唐一明見誘敵深入成功，一半的燕兵都跑到前面來了。臉上大喜，對黃大說道：「快！舉旗！」

黃大急忙從懷中掏出一面旗幟，那是魏軍的戰旗，他用長戟將旗幟高高地挑起來，然後搖擺了幾下。這時，埋伏在燕軍將軍所在道路兩邊的士兵突然衝了出來，黃二瞪著他的獨眼，持著盾牌便向燕軍將軍撞了過去。

燕軍將軍大吃一驚，萬萬沒想到身邊的草叢裏，居然會隱藏著敵軍的士兵。他急忙調轉馬頭，馬鞭還沒有抽在馬背上，黃二便已經撞了過來，一下子將他撞翻在地上，滾了好幾個滾。

燕軍將軍周圍就幾個士兵，還沒來得及和這些士兵廝殺，便被人從馬上刺了下來，他剛從地上爬起來，扶正一下頭上的頭盔，陽光下，一道反光射入他的眼裏，讓他睜不開眼。等到那道光芒閃過，便看見一根長戟迎面撲來，還來不及大叫，便被長戟插進腦門，立即喪命。

中間埋伏的士兵同時從兩邊衝了出來，他們上身光禿禿的，手裏拎著衣服，用早已準備好的火摺子點燃了手中的衣服，然後扔到道路中央。道路中央都是一些易燃的樹枝，一經著火，便一發不可收拾，火勢迅速朝兩邊蔓延。

與此同時，唐一明和黃大也點燃了手中的衣服，扔到障礙物堵塞的路上，擋住那些燕兵前進的道路。

燕兵一時驚慌失措，道路兩邊著起了火，他們只能向後退去。誰知，剛一轉身便看見後面己方將軍已經陣亡，一時間大火彌漫，半個時辰後，便再也聽不到火海中有任何人的叫聲了。

唐一明盯著火海，搖搖頭，傷感地說道：「一切罪惡皆源自戰爭，如果沒有戰爭，不知道會有多少人和樂地生活在這個世上。」

黃大走到唐一明身邊，伸出手，搭在唐一明的肩膀上，勸慰道：「將軍，對付燕狗，就應該這樣。」

唐一明定了定神，吐出一口氣，黃大的話把他從幻想中拉了回來。

烈焰驕陽炙烤著大地，士兵們開始整理戰場。

黃大等人一下子弄來五六百匹戰馬，這是這場戰鬥最大的收穫。不僅如此，那些在火海中突圍的士兵身上還帶著弓箭，收集下來，居然有三百多張。

這對缺乏弓箭的唐一明等人來說，無疑是件天大的好事。弓箭是遠端攻擊的武器，相當於現在的手槍一樣，敵人還沒有衝過來，就可以先把他放倒。

這次伏擊，可謂大獲成功，他們不費一兵一卒，竟然將燕狗的兩千騎兵全部殺死，所有經歷過這場伏擊戰的士兵都對唐一明十分崇拜。

唐一明和所有人翻身上馬，繼續前行，追趕劉三等人。

唐一明等人剛走沒有多久，從大道上便來了數千騎兵。這夥騎兵是朝東追擊的燕軍，大火捲起的濃煙引得他們的注意，他們便改道向南，一路奔來，卻見到大道上多是燒焦的屍體。燕軍騎兵看到這一幕，都十分憤怒，心裏無不燃起一股殺意。

奇怪的是，率領這支騎兵部隊的竟然是個少女。

少女騎著一匹火紅色的馬，馬通體上下找不出一絲雜色，奔馳起來體態健美，宛若游龍。

馬背上的人兒身段婀娜，英姿颯爽，青黛色的柳眉，高挺的鼻梁，豐潤的紅唇，配上烏黑柔順的短髮，俊朗中透著一股英氣，分明的五官與波光瀲灩的眸子搭配在一起，將這股英氣化為驚心動魄的嫵媚，讓人一見就不自覺地沉醉。

少女穿著一身做工精細的薄甲，眼神中充滿了憂鬱，她手中提著一張大弓，在烈烈的陽光下，顯得格外炫目。

一個騎兵都尉策馬到少女的身邊，望了一眼少女，淡淡地說道：「郡主，能把兩千騎兵全部堵截住，還能將他們全部殺死，肯定不是一支簡單的部隊，我們不如先回巨鹿，將此事稟報給慕容將軍為妙。」

少女冷哼一聲，說道：「要回去，你自己回去，我好不容易出來了，就要打個勝仗回去，也好在我五哥面前炫耀炫耀。」

「可是郡主，慕容將軍早有吩咐，說要適可而止，這支巨鹿軍隊非常聰明，逃走時還設下疑兵之計將我們迷惑住，這支部隊實力肯定很強；再說，前面是魏國的領土，我們如此深入，只怕會遭受到攻擊。不如先返回巨鹿，待大軍南下再立功不遲啊。」騎兵都尉苦苦地勸道。

少女指著地上被燒焦的屍體，說道：「你沒有看到嗎？這是剛剛結束的戰鬥，死去的族人還在眼前，敵人肯定沒有跑遠，我們現在追擊還來得及。你害怕五哥，我不怕，你要是怕的話，你就回去吧，我自己帶著人去追擊。」

少女話音一落，便大喝一聲策馬而出，奔跑在那條被火燒黑的大路上向前而去。

少女一奔出，身後的幾千騎兵也跟了出去，那個騎兵都尉無奈，只好也跟了上去。

唐一明追趕上劉三，將大部分馬匹分給百姓騎乘，行軍的速度也逐漸加快了。

到了中午，一行人便到了清河。

唐一明這次走在隊伍的最前面，當他看到清河城時，眼前的一切讓他驚呆了。

清河城裏冒著滾滾的黑煙，城外散落著到處可見的屍體，那些屍體都穿著尋常百姓的衣服。屍體旁還有幾個孩子正在搖晃著地上的遺體，不停哭喊著。

「這……這裏發生什麼事了？」唐一明看到這種慘狀後，立即跳下馬，自言自語道。

黃大聽到，便道：「將軍，我去看看！」

唐一明搶先一步，大步流星地朝城牆邊走去，說道：「你在這裏守著部隊，我去看看發生了什麼事情。」

城牆邊有一具屍體，屍體邊上跪著一個小男孩，男孩臉上都是塵土，似乎是摔倒在地上沾了一臉的泥。

男孩穿著破爛的衣服，雙手不停地推著那具屍體，一邊哭喊著：「爹爹，你醒醒啊，你快醒醒啊！嗚嗚嗚！」

唐一明蹲下來，看著那具屍體的慘狀，又看了看那個小男孩，心裏像是被刀割過一樣，一點一點地滴著血。

小男孩大約五六歲的年紀，看到穿著戰甲的唐一明蹲下來，臉上便出現十分驚恐的表情，身體不斷地向後退，嘴裏還不斷地喊著：「你別過來……別過來。」

唐一明覺得很是奇怪，為什麼小男孩一見到自己會如此害怕？他穿著魏國乞活軍的戰甲，按說不會讓人誤會是燕軍的士兵才對啊。

唐一明站了起來，他以為是自己臉上凝重的表情所致，便露出和藹的笑容，一把從地上將那個驚恐的小男孩給抱了起來。

「別怕，叔叔不會傷害你的！」唐一明和藹可親地道。

男孩扭動著身子，試圖掙脫唐一明的臂彎，並且喊叫道：「你快放我下來，你這個壞蛋！」

唐一明一怔，想自己何時成了壞蛋啦！

他還沒有反應過來，一個硬物便從後面飛了過來，直接砸在他的後腦勺上。唐一明覺得疼痛，扭過頭，見一個十一二歲的男孩從地上撿起石子向自己投擲過來。

唐一明本能地躲開了，那個男孩見一擊未中，又撿起一個投了過來，喊道：「你個壞蛋！快放開我弟弟！」

唐一明再一次閃開男孩的攻擊，臉色迷茫。

他抱著的那個小男孩還在不停地掙扎，並且大聲罵道：「大壞蛋，快放我下來，快放我下來！」

這時，從清河城裏湧出一大撥民眾，他們每人的手中都拿著日常用的鍋碗瓢盆，一個四十多歲的跛子從人群中走了出來，大聲叫道：「你們這些王八羔子，既然回來了，就別想要再走！鄉親們，跟他們拼了！」

唐一明一頭霧水，不知道發生了什麼事，為什麼這些百姓會如此怒氣沖沖，似乎是針對他這樣穿著戰甲的士兵來的。

就在這一瞬間，數十名男女老少將手中拿著的東西全部扔了過來，唐一明抱著孩子，急忙跑到一邊。

黃大看見這一幕，急忙招呼士兵，大聲叫道：「保護將軍！」二十幾個士兵立刻從道路兩邊湧了出來，持著盾牌將大道堵住，只放開一個小口讓唐一明進入保護圈。

「將軍，這是怎麼回事？那些百姓為什麼會攻擊你？」黃大一臉狐疑地問道。

唐一明手中的孩子見到周圍都是和唐一明一樣的士兵，一下子便嚇哭了，唐一明無奈，只能將孩子放下來，孩子一落地，便想朝清河跑去。可是道路被堵死了，他沒法跑掉，只好坐在地上。

「小孩，你沒有事吧？」黃二低頭問道。

誰知那個男孩見黃二一臉猙獰的模樣，哭得更大聲了。

唐一明望著那個哇哇痛哭的男孩，也十分不忍，猜測道：「莫非是因為我抱了這個孩子？」

「小黃，打開缺口，讓那個男孩回去！」唐一明急忙對黃二說道。

黃二「哦」了一聲，提起手中盾牌，對男孩說道：「小孩，快過去吧！」

男孩一看有路可以回去了，急忙從地上爬起來，順著盾牌打開的缺口跑了出去。臨走時還不忘丟下一句：「大壞蛋！」

唐一明搞不明白究竟自己是哪裡得罪這些民眾了，為什麼這些百姓對他的敵意那麼大。

男孩安全地回到他哥哥的懷抱，唐一明鬆了口氣。可是，那些民眾卻沒有絲毫退卻，又從地上撿起原來手中拿著的工具，守在城門邊，和唐一明的人對立而站。

「不知道這裏到底發生什麼事情了，而且那些百姓對我們這些當兵的似乎恨透了，難道是燕狗提前來到這裏？」唐一明一臉狐疑，對黃大說道。

黃大朝城門邊看了看，死的都是背著包袱的百姓，男女都有，屍體也雜七雜八地亂成一片。

黃大久經戰陣，什麼樣的死狀他沒有見過，看到這些屍體的死狀，便立刻作出定論，對唐一明道：「將軍，從巨鹿到清河，這是唯一的一條大道，咱們後面的追兵你已經解決了，又怎麼可能會有燕狗來這裏呢？你看這些死去的百姓，都背著包袱，可包袱都凌亂地灑在地上，似乎被人搜索過一遍，難不成是遇到強盜了？」

「這些百姓對我們這些穿軍裝的人特別反感，我很想知道這是為什麼。」唐一明眉頭緊皺道。

黃大自告奮勇道：「將軍，請讓我去問個究竟！」

「不行！這些民眾現在在火頭上，你這樣去，只怕會被他們打傷。」唐一明一把拉住了黃大，阻止住了想要行動的黃大。

唐一明鬆開黃大，自己走出保護圈，站在那些百姓的射程以外，大聲地喊道：「鄉親們！這裏到底發生什麼事了？」

「狗官！你們犯下的罪行還嫌不夠嗎？」一個人大聲說道。

唐一明聽到這句話，心中一震，扭臉對黃大說道：「看來事情是我們這樣的士兵幹的。」

「真他娘的是個狗官，這些地方官沒有一個好東西。肯定是因為巨鹿被燕狗攻下了，太守害怕燕狗會攻打到這裏，提前將軍隊帶走，走的時候還不忘記大肆搜刮一番。」黃大大聲罵道。

唐一明點點頭，道：「嗯，我也是這樣推理的，看來他們是誤會我們了。」

從隊伍後面駛來一匹快馬，馬上的騎士就是胡燕。

胡燕急忙道：「將軍！又……又來了三千燕狗的騎兵，正在快速前進，不一會兒就要到了！」

唐一明心中一驚，急忙問道：「大概還有多遠？」

胡燕答道：「最多不到二十里，將軍，快點走吧！」

唐一明望了望清河城裏的百姓，說道：「讓劉三護送軍隊和百姓繼續前行，去高唐。清河殘破，已經不能再待了，現在追兵追得很急，必須迅速轉移。黃大，你去召集人，還按照上次我們的計策做，動作一定要快，我們再來一次火燒燕狗！」

黃大得了命令，立即去召集人，劉三繼續帶著百姓和糧車向前行進，唐一明則向城門走了過去，遠遠向著城門口幾十個百姓鞠躬，然後畢恭畢敬地說道：

「各位鄉親，對於你們的遭遇，我唐一明感到十分惋惜。但是我們和那些狗官不一樣，我們是老百姓的軍隊，專門保護老百姓的；現在燕狗的軍隊已經來了，正在向這裏開拔，請你們趕快離開此地。」

百姓聽到唐一明的喊聲，互相看了看，沒有一個人相信唐一明的話。

清河城本來就是個窮地方，加上兵荒馬亂的，能跑的人都跑了，城裏只剩下不到一百戶的百姓。清河太守的一番洗劫，讓本來就不富裕的他們更是一貧如洗，就連糧食也都被搶光了。

唐一明見百姓沒有反應，很是著急。

「你們這些壞蛋，少在這裏騙我，我可不會上你們的當！我們雖然人少，可也不是好欺負的！」那個跛子厲聲地說道。

唐一明急得抓耳撓腮，情急之下，指向他身後的百姓道：「你們看，這些都是我從巨鹿帶出來的老百姓，我們一路過來，就是為了渡過黃河去中原，離開這個是非之地。燕狗真的就要打來了，你們快點跟著他們一起離開吧！」

跛子望了一下唐一明身後正在前行的民眾，他們幾十個人一撥正在向前行走，老人孩子都坐在車子上，前面的車子上還拉著糧食，兩邊由士兵護衛著。

跛子似乎猶豫不決。一個小男孩從人群中擠了出來，抱住跛子的腿，使勁地搖晃著，不斷地喊道：「爺爺，我餓，爺爺，我餓。」

跛子彎下腰，將男孩給抱了起來，衝男孩笑了笑，道：「小六乖，一會兒爺爺就給你做好吃的，好不好？」

男孩聽到跛子的話，便不再叫喚了。

跛子向後望了望跟在他身後的這些大大小小的孩子，最大的才十三歲，一個女人懷裏抱著一個最小的孩子，還不到兩個月。那最小的孩子已經睡著了。他回過頭，看了眼唐一明，問道：「你說的都是真的嗎？」

唐一明見跛子對他有點相信了，叫道：「大叔，我說的都是真的。你們快點跟上他們，車上有糧食，也不會餓著。清河城已經是一片狼藉，你們守在這裏又能如何？就算燕狗不來，你們還不是一樣餓死在這裏嗎？」

跛子看他們果然跟太守的部隊不一樣，便點點頭，對身後的人說道：「大家都跟我走，咱們離開這個鬼地方。」

唐一明臉上大喜，急忙轉過身，大聲叫道：「劉三！」

劉三正在隊伍裏安排人員撤離，聽到唐一明叫他，趕忙應道：「是，將軍！」

唐一明指著他身後的那幾十個人說道：「他們交給你了，趕快帶他們離開這裏！」

劉三便帶著所有的民眾離開，一路向南，朝高唐而去。

唐一明的心終於放鬆了下來。他急忙來到設伏點，看到黃大他們正在忙著從道路兩邊搞來許多樹木，這次，他們弄的可不是樹枝，而是樹幹，其中還鋪墊了不少乾草。

黃大從大路的另外一頭跑了過來，拱手說道：「將軍！我們已經按照原先的樣子將道路堵塞了，只是，這次燕狗還會上當嗎？」

「就算他們不上當，只要我們再放一次火，他們一時半會兒也甭想過來。這裏周圍都是荒草叢，不怕堵不住他們！」唐一明觀察了一下周圍的環境，看到道路兩邊都是荒草叢，自信地說道。

準備工作做好之後，唐一明便讓黃二領著二百五十人埋伏在道路左邊，讓胡燕領著二百五十人埋伏在道路的右邊，他自己則帶著五十名士兵背著弓箭，守衛在障礙物的盡頭。只是這次他們沒有太多的衣服可以燒，只能用荒草代替了。

大路上鋪墊了將近兩里長的障礙物，樹幹下面鋪墊著荒草，在驕陽的照射下，只消一點火星便足以使整個障礙物全部燃著。

道路兩邊都是高高的荒草叢，在道路左邊荒草叢的後面是一片小樹林，原本還很茂密，可是被黃二他們一折騰，樹幹都被砍下來了，弄得現在光禿禿的。

約莫十幾分鐘後，唐一明便聽到渾厚的馬蹄聲，那種聲音與他先前聽到的馬蹄聲有著極大的區別。第一次伏擊的時候，那些追擊他們的馬蹄聲是雜亂的，這次馬蹄的聲音卻很整齊，落地有聲。

果不其然，在筆直的道路上，一個穿著黑色鎧甲的人，騎著一匹紅色的駿馬，手裏提著一張朱漆大弓，正英姿颯爽地從地平線上闖進了唐一明的眼簾。

騎著紅色駿馬的騎士身後，跟著成百上千的騎兵，他們的背上都背著弓，手中提著長槍，正邁著雄壯的步子向唐一明挺進。

唐一明看到這撥騎兵整齊的隊形，就連戰馬邁出的蹄子也如同機器一樣整齊，抬起的馬蹄每落在地上一次，唐一明便能感受到一次大地的微微顫抖。

「呼！這支騎兵可是燕狗的一支精兵啊。」黃大也不禁讚嘆。

騎紅馬的騎士停在障礙物鋪就的道路邊，然後將手中的大弓一舉，身後的三千騎兵便同時停了下來，所有的動作都十分的連貫，沒有一點瑕疵。

唐一明離那個騎紅馬的騎士只有一千多米，一千多米開外，他的目光能夠清楚地看到那馬上婀娜的身段，所以一眼便看出來騎著紅馬的騎士是個女人，不由得驚呼出來：「怎麼來了個女人？」

黃大聽到他說的話，仔細地瞧了瞧領頭的騎士，還真有點像女的，說道：「將軍，燕狗的女人和我們漢人家的女人可不一樣，性子烈著呢。」

「老子就喜歡性子烈的，等下看我把她抓了當老婆。哈哈哈！」唐一明興奮地道。

「對，燕狗搶了咱們漢人的女人，咱也搶他們的女人。哈哈哈！」黃大附和道。

「嗯！燕狗停下了，我們前進！」唐一明定了定神，對身後的士兵喊了聲。

唐一明帶著五十個士兵走到鋪滿障礙物的路上停了下來，兩排士兵持著盾牌擋在最前面，黃大和其他士兵則拉開弓箭。

「定箭！」

黃大一聲令下，只聽見數十聲弓弦的響聲，二十三支箭矢便飛到天空中，然後落在將近三百步外的地上。

唐一明不懂為什麼要放這一通箭矢，問道：「大黃，你怎麼隨便浪費這些箭啊？燕狗離我們還遠呢，你這不是白放嗎？」

黃大一臉的窘迫，嘟囔道：「將軍，我這是定箭。」

「啥叫定箭？」

唐一明問的很白癡，凡是行軍打仗的，都知定箭是什麼意思，就是先試試弓箭的射程，然後以第一次放箭為基準，一旦敵人進入射程，便開始射擊。

黃大給唐一明解釋了一番，唐一明這才恍然大悟。

對面燕軍騎兵停在了障礙物外的路上，那個美女騎士目光犀利，眼中除了帶著少許殺意外，還帶著幾許媚惑。

這美女騎士便是大燕國的郡主，燕王慕容俊的妹妹，名字喚作慕容靈秀。

慕容靈秀盯著站在道路中的五十個士兵，觀察了一下道路兩邊，見兩邊路上有著高高的荒草叢，嘴角揚起了一絲笑容，不屑地說道：「哼！這點伎倆，騙別人還行，想騙我？門都沒有！」

慕容靈秀身後是三個騎兵都尉，她轉過身子，指著其中兩個都尉說道：「你，你，各自領一千騎兵，向道路兩邊的荒草叢裏去，他們肯定埋伏在那裏面；別管在哪裡，給我一通亂射，我就不信逼不出他們！」

那兩個騎兵都尉應了一聲，便各自帶著一千騎兵分散在道路的兩邊。

這些騎兵將背上的弓箭拿了出來，整齊地站成一排，然後彎弓射箭，只聽得弓弦的響聲，箭矢便如同蝗蟲般密集，直接落在荒草叢裏。

唐一明看見這種情況，急忙大叫道：

「撤退！」

他的聲音剛喊了出來，便聽見從荒草叢裏傳出數十聲慘叫聲，然後荒草叢裏一陣騷動。

「果然有人！快給我放箭！」慕容靈秀一臉喜悅地大叫道。

道路兩邊的荒草叢裏，燕兵的騎兵以穩健的步伐一點一點地向前推進，每向前走一段，便朝前面一通亂箭。

不多時，唐一明已經退出了障礙物堵塞的道路，兩邊荒草叢裏的人也盡數退了出來，他們以盾牌掩護著，向道路中間聚攏，不一會兒，便形成一個大大的龜殼一樣嚴密的防線。

乞活軍和地方軍的戰鬥力不同，但是基本的裝備配置是一樣的，因為唐一明把其餘乞活軍士兵的裝備全部轉移到了這五百地方軍的身上。

「將軍，可以點火了！」

黃大拿出一個火摺子，遞給唐一明。

唐一明接過火摺子，然後扔到路上，乾草一經火焰，便迅速燃燒了起來，乾柴碰到烈火，那種燎原的勢頭迅速蔓延開來。

「撤退！快撤退！快給我撤回來！」慕容靈秀一看到對面著火了，大聲地叫道。

道路兩邊都是荒草叢，而且還和道路中的乾草相連接，很快便被大火蔓延。一時間，火勢高漲，變成熊熊的烈焰。

燕軍的騎兵撤回得夠迅速，只是有十幾個士兵沒有來得及撤走，被大火包圍住，加上座下戰馬受驚，將馬上的士兵掀翻下來，士兵活活地被大火燒死。

烈焰高高地竄起，大路的兩邊也被蔓延，形成了一個大大的火場。

唐一明和部下開始撤退，猛然回頭時，看到一匹紅色戰馬在火海的對岸，馬背上的慕容靈秀也向後撤退，唐一明不禁在心裏暗罵：「這個臭娘們兒，還真有點頭腦！」

大火還在燃燒，唐一明借著火勢迅速向南退卻。這次沒有設伏成功，他的心裏很不好受，對方僅僅是個女人，便一眼看出了他所設下的計策，讓他實在羞愧難當，長嘆了一口氣，道：

「真後悔我為什麼來這裏之前沒有多學習一些兵法呢？」

第七章

疑兵之計

唐一明道：「那指揮燕狗的女人沒那麼簡單，
她既然能看出我在哪裡埋伏，
這點疑兵之計她也一定能看得出來；
我是想迷惑燕狗，但不是讓燕狗往那個方向追，
而是緊緊地咬住我們。」

唐一明帶著眾人迅速撤走，趁著火勢未滅，急忙趕往高唐。看到一臉疲憊的地方軍士兵，便大聲喊道：「兄弟們！加把勁兒，我們離黃河越來越近了！」

午後的陽光愈發顯得毒辣，此時不過是五月的天氣，太陽光的強度居然會如此劇烈，給本就缺乏雨水的大地帶來了酷熱的災難。

唐一明領著那幾百士兵，他們的額頭上都掛著汗珠，就連衣服也被汗水汗濕，一路沿著去高唐的大道追趕劉三，也不敢停歇，因為後面隨時都會有追兵追來。

連續跑了半個多鐘頭，唐一明聽到自己不斷的喘息聲，可身體卻感覺不到絲毫的疲憊。他低下頭，看了看自己的身體，肚皮上剛換下的那條繃帶已經被血浸透，染成鮮豔的紅色。

「將軍，我們現在怎麼辦？」黃大一邊跑著，一邊大口大口地喘著氣，道。

唐一明抬起頭，看到道路不斷地在變窄，地上還有被車輪碾過的印子，急忙停了下來，大聲道：「停！」

唐一明的一聲令下，所有的人都停了下來。

「我們不能就這樣回去，如果回去，燕狗很快就會追來，我們一定要想辦法解決掉這撥追兵。」唐一明朗聲說道。

黃二從人群中擠出來，對唐一明說道：「將軍，燕狗真的很狡猾，居然沒有上當。那波大火估計現在也快滅了，相信他們很快便會追來的。」

唐一明走到路邊，看了看四周，窄小的道路右邊有一條小河，小河上有一座獨木橋，河水的流速並不是很湍急。而在道路的左邊，則是一塊荒蕪的田地，田地裏長著高高的荒草，田地的盡頭有一個村莊，那村莊看起來似乎已經廢棄很久了。

唐一明仔細想了想，靈機一動，哈哈笑了出來，大聲叫道：「有了！這次我就不信我會輸給那個女人！」

黃大、黃二、胡燕和其他士兵都聽到了唐一明的叫聲，將信將疑地都用疑惑的目光看著唐一明。

唐一明將手中的長戟插在地上，然後脫去戰甲，將身上汗濕的衣衫給脫了下來，並且叫道：「都給我把衣服脫掉！」

黃大撓撓頭，走到唐一明身邊說道：「將軍，剛才那些燕狗都沒有中計，你還要放火燒他們嗎？」

「放火？呵呵！這次不放火燒他們了，我吸取了上次的失敗經驗，這次一定要把他們打敗，你們都聽我的，快把衣服給脫掉！」唐一明自信地說道。

黃大等人不知道唐一明葫蘆裏賣的什麼藥，但是看唐一明那麼自信的樣子，他們也沒有辦法，不得不將自己的衣服脫掉。

唐一明露出光著的上身，呵呵笑道：「你們放心，這次我們一定能擊敗那撥燕狗。小黃，你帶領幾個人，把衣服從這裏一直散落到獨木橋上去，然後再回來。」

黃二一臉的疑惑，又不得不照做，於是帶著十幾個人將幾百件上衣灑落在獨木橋上，遠遠看去倒像是慌不擇路。

唐一明一隻手拖著下巴，看著擺放好的衣服，總覺得缺少點什麼。他低著頭，看見了放在地上的盾牌，便道：「嗯，既然要迷惑敵人，就應該把樣子做足。大黃，你將幾副盾牌和幾根長戟也一併擺放過去，一定要散開點，擺的要像逃跑的樣子。」

黃大照著唐一明的話去做，將盾牌和長戟擺放到位，然後和黃二等人一起回到岸邊。

唐一明滿意地笑了笑，但總覺得還有些欠妥，伸手摸了一下自己的頭頂，除了自己的頭髮，別的什麼也摸不到，才發現這裏沒有一個人戴著頭盔，頭上沒有任何的防護器具。

「哎！就差一個頭盔了！」唐一明不禁嘆了聲氣。

胡燕聽了，嘿嘿道：「將軍，你想要頭盔？」

唐一明點點頭，指著擺放狼藉的衣服、盾牌和長戟，緩緩說道：「這裏的擺設就差一個頭盔了，不然會更加完美。」

胡燕看從這裏到獨木橋的道路上散落了許多衣服，活脫脫像逃跑後的模樣，眼前一亮，恍然大悟道：「將軍，你原來是要迷惑敵人啊？是想他們往那個方向追咱們，這樣一來，咱們就可以放心地走了！」

唐一明搖搖頭道：「不是，那個指揮燕狗的女人沒有那麼簡單，她既然能看出我在哪裡埋伏，這點疑兵之計她也一定能看得出來；我是想迷惑燕狗，但不是讓燕狗往那個方向追，而是緊緊地咬住我們。胡燕，你穿上戰甲，帶上一百個兄弟，把這塊荒田裏的草給砍了。」

胡燕沒有猜對，搞不清楚唐一明究竟是怎麼想的，便穿上戰甲，領著一百個兄弟去將那些荒草給砍斷，露出一條十分寬闊的道路，可以直接看到那個廢棄的村莊。

此時，黃大、黃二領著十幾個人從獨木橋那邊走了過來。

「大黃、小黃，你們都把戰甲穿上，跟我來！」唐一明穿上戰甲，對周圍的士兵說道。

士兵把戰甲穿上，拿起手中的武器和盾牌，跟隨唐一明徑直朝村莊走了去。

「胡燕！砍斷這些荒草，把那些荒草都給抱到村子裏來！」唐一明對胡燕道。

胡燕應了聲：「知道了將軍！」

村子已經荒蕪了，沒有一個人，到處都是坍塌的房屋，村子的角落裏，還能看到一些白骨。

一進到村裏，唐一明便聞到一股極其濃厚的泥土味，唐一明帶人來到村子中央，那裏有一片空地，空地中央有一口很大的水井，水井邊上有一棵粗大的柳樹，枝繁葉茂的。

唐一明讓士兵都停下，他走到水井邊，探頭朝裏面望去，井水已經枯竭，露出了厚厚的黃土。

他轉過身子，看到胡燕他們正抱著一些乾草朝村子裏走來。眼中突然閃過一絲光芒，急忙說道：「不好，我忘記路上還有車輪的印子，黃大，你趕快帶些人把那些車輪的印子清除掉。」

黃大聽了命令，急忙帶著人走了出去。

「將軍！這些荒草放哪裡？」胡燕抱著荒草，問道。

唐一明指著枯井，道：「全部扔進去。」

一時間，不是很深的枯井中被塞滿了荒草。

「胡燕，你過來！」唐一明見胡燕忙完了，便喊道。

胡燕走到唐一明身邊，拱手說道：「將軍，還有什麼吩咐？」

「你會寫鮮卑的文字嗎？」唐一明問。

胡燕一怔，回道：「將軍，我早年讀過書，也會寫一些字，只不過都是漢字。鮮卑人只有語言，還沒有文字，他們所學習的文字，也都是咱們漢人的字。」

唐一明「哦」了一聲，他以為鮮卑有自己的語言，就一定有自己的文字，所以才會那麼問。他對胡燕說道：「胡燕，你會寫字那就好，你去用長戟在路邊入村的路上寫下『小心埋伏』四個字。」

胡燕十分驚訝，問道：「將軍，我們在這裏埋伏，你還故意讓我寫字告訴燕狗？難道你不想殺死燕狗了？」

唐一明呵呵笑道：「你放心，寫下這四個字對我們非常有利，不然的話，他們會朝大路上追過去的，我這是在引誘他們來這裏。」

胡燕聽了唐一明的話，一知半解的，提著手中的長戟，朝入村的路上走了過去，然後在入村的路上畫下「小心埋伏」四個字。

一切的準備工作都在短時間內做完，唐一明令人將枯井中的荒草給點燃了，然後在荒草上面壓上一些泥土，枯井中冒起了濃濃的黑煙。他則令所有的士兵分別埋伏在村子的每個角落，靜靜地等待著追兵的到來。

慕容靈秀第一次親自率兵出擊，她本以為漢人都是草包，卻沒有想到在追擊途中遇到這樣的一支軍隊：埋伏不成，反倒放起大火，將她阻斷在大火邊緣足足有半個時辰。

她胯下騎著的那匹火紅的駿馬，是她四哥慕容恪在前兩天她過十六歲生日時送給她的，據說是上好的大宛良馬。慕容靈秀雖然是女人，可從小受到五個哥哥的薰陶，多少有點男子氣概。

她本來在薊城做郡主做得好好的，怎麼也不會想到，她的二哥，也就是身為燕王的慕容儁，會把她嫁給一個她自己根本沒有見過面的人。她這個年齡，也是出嫁的年齡了，可是她始終不以為然，因為她夢想著有朝一日能夠嫁給一個英雄。

她反對慕容儁給她訂下的婚姻，那種婚姻純屬政治聯姻，她不樂意，便去找慕容儁理論，結果兩人大吵了一架。後來她就跑了出來，跑到她四哥慕容恪的軍隊裏。

那時候，慕容恪正在和魏國的皇帝冉閔作戰，沒有工夫照顧她，便讓她去找五哥慕容霸，於是她一直待在慕容霸的軍隊中。

慕容靈秀等到大火熄滅才走，看見道路和兩邊化成一片灰燼，還露出幾十具燒焦的屍體，連一點害怕的樣子都沒有。她將手中的大弓一招，縱馬而出，同時大聲地喊道：「追！」

慕容靈秀身後數千名燕軍騎兵，在她的一聲令下後便急忙飛馳而出，慕容靈秀騎著那匹火紅駿馬，將身後的士兵遠遠地撇開到後面，在路上無盡地狂奔。

烈陽高照，天地間沒有一絲的風。

一飆紅色烈焰在路上奔馳，火紅的馬背上馱著美麗又透著幾許妖媚的慕容靈秀，她的身體起伏，與火紅的駿馬宛如一體。

慕容靈秀狂追出了十幾里，一馬當先的她，來到窄小的路上，看到的是一地的狼藉。

寂靜的路上，駿馬的長嘶聲響徹空曠的原野。

慕容靈秀勒住馬韁，驅馬走到路邊，看到路的一邊是條小河，河上架著一座木橋，木橋很窄，估計一匹馬都很難容下；木橋的上面和周圍散落著一些衣服，那些衣服她再清楚不過，是魏軍的衣服；不僅如此，地上還散落著幾副盾牌和幾根長戟，像是倉皇落敗，潰散逃竄。

慕容靈秀扭過頭，看著直行的道路，那裏鋪滿了荒草，她又看了眼路的左邊，原本田裏長著的高高的荒草已經被全部砍斷，用來鋪就那彎曲的道路，更有零星的荒草綿延到前面不遠的一個廢棄的村莊。

慕容靈秀看到村莊，眼前一亮，村莊裏冒著一縷縷濃濃的黑煙，正在從村莊中間朝天空升起。

此時，馬蹄聲漸漸逼近，三匹並列著的戰馬排成一個長長的隊伍，黑色戰甲的騎士都顯得有點疲憊。

因為高溫，他們身上穿著的戰甲已經被烈陽曬得發燙，身上的汗水更是沾濕了衣服，裹在身上。

慕容靈秀也不例外，她的額頭上掛著幾許汗珠，順著潔白的臉頰流到下巴上，然後匯成一滴黃豆般大小的汗滴，從下巴上墜落，滴在路上的泥土裏，瞬間被乾裂的泥土吸收，消失得無影無蹤。

她的頭上戴著一頂鋼盔，身上穿著一件連環束身的薄甲，那層戰甲並不像燕軍騎兵身上的那麼厚重，顯得輕盈貼身，就連呼吸間胸部的起伏也能夠看得清楚仔細。

她伸出手臂，用袖子擦拭了一下臉上的汗水，策馬朝荒田邊走了過去，一邊打量著周圍的環境，一邊看著地上有沒有遺留下什麼蛛絲馬跡。

「郡主！敵人肯定是從獨木橋那個方向跑了，我們趕快追過去吧！」一個騎兵的都尉看了一眼散落著的衣服、盾牌和武器，大聲地喊了出來。

慕容靈秀抬起她纖細的玉手，淡淡說道：「你懂什麼，兵不厭詐，這是敵人用來迷惑我們的。」

「郡主說的沒錯，敵人肯定是順著這條路繼續向前走了，咱們追過去準沒有錯！」另一個騎兵都尉喊道。

慕容靈秀道：「都給我閉嘴！敵人沒有那麼簡單，他們故意鋪就一條道路，是想迷惑我們，這個廢棄的村子會有煙冒出來，肯定是他們剛剛在這裏歇過腳，看我們來了，倉皇逃跑之際急忙撲滅了火。跟我來，他們肯定是朝這個方向走了！」

隨著慕容靈秀的一聲令下，身後的騎兵便跟著慕容靈秀朝村子裏走了過去。

慕容靈秀一馬當先，奔到村口，見村口的地上插著一根長戟，長戟上面綁著一個水囊，地上畫了一個圓圈，圈子裏寫著「小心埋伏」四個大字。

三個騎兵都尉也一起來到了慕容靈秀身邊，看到那四個字，又看了看入村的道路崎嶇不平，窄小擁堵，心中不禁有點擔心，道：「郡主，真的要進村嗎？」

慕容靈秀點點頭，抬頭看了看入村的道路，倒塌的房屋掩蓋了整個道路，使得本就窄小的村子變得十分擁堵。

她呵呵笑道：「這才是敵人的高明之處，告訴我們小心埋伏，其實是在恐嚇我們，讓我們不敢入村，說不定還有一部分人沒有及時逃走，故佈疑陣，讓我們知難而退。我鮮卑慕容氏豈是如此膽小的鼠輩？傳令下去，兩千人包圍整個村子，其他人跟我一起進村。就算有埋伏，憑我這身功夫，又能耐我何？」

「郡主！你貴為千金之軀，不宜輕易犯險，屬下願意帶領幾百人先去探路，要是真有埋伏，郡主再從外殺入不遲。」一個騎兵都尉道。

慕容靈秀將手擺了擺，說道：「笑話，區區殘兵又能奈我何？

我跟隨五哥學習武藝八年，就連五哥也差點敗給我了，你們還有什麼好擔心的？」

慕容靈秀的話一經說完，便縱馬飛馳而出。

她身後那三個都尉很是無奈，只能照著慕容靈秀的話做，誰又敢得罪她呢？

慕容靈秀貴為燕國郡主，是燕王慕容俊唯一的妹妹，平時兄弟五人對這個唯一的妹妹寵愛有加。自從她的大哥、三哥戰死以後，慕容俊深感骨肉情誼，便更加寵愛這個妹妹，對她百依百順，以至於慕容靈秀成了整個燕國裏最不能得罪的人物。當然，除了那件賜婚的事。

慕容靈秀一共有七個哥哥，大哥、三哥早就戰死了，六哥、七哥在很小的時候因為一場大火而失蹤了。二哥慕容俊在她父親死了以後便當了燕王，四哥慕容恪是燕國的大將軍，而她口口聲聲說的五哥慕容霸，便是燕國的第一武士。

其中，慕容靈秀和五哥慕容霸最為要好，從小慕容靈秀就很羨慕慕容霸，跟隨他學習武藝。不過，慕容霸可並非真教，只傳授她幾下三拳兩腳，有時還故意輸給她，以至於她總是把打敗慕容霸的事拿出來炫耀，以表示自己是多麼的了不起，其實都是女兒心思而已。

廢棄的村莊中，唐一明見慕容靈秀騎著紅色的駿馬朝村子裏進來了，心中大喜，暗暗叫道：「太好了，來得正好。」

唐一明將嘴巴湊到黃大耳邊，輕輕地說了幾句，黃大聽了，臉上霎時湧現出喜悅的表情，然後重重地點了點頭，緩緩地從唐一明的身邊挪開。

慕容靈秀一邊小心翼翼地走著，一邊左顧右盼，她看到的是十分荒涼的村莊，一些黃土下面露出些許白骨。慕容靈秀卻不感到害怕，十分大膽地繼續朝前走。

黃大穿著戰甲，胳膊上纏著綳帶，突然從路邊衝了出來，一看到慕容靈秀便是一臉的驚訝，然後提著手中的長戟往望村子深處跑去。

慕容靈秀嘴角微微一笑，心中暗暗說道：「果然不出我所料，就是這些殘兵，他們還留在村子裏，在村口故弄玄虛就是為了不讓我帶兵進來。哈哈，本姑娘比你們想的聰明著呢。」

「哪裡跑？」

慕容靈秀緊緊地握著手中的大弓，然後用雙腿用力夾了一下馬肚，大叫一聲便快速向著黃大奔去。

黃大一邊跑，一邊大聲喊道：「燕狗來了，燕狗來了！」

隨著黃大的幾聲大叫，從廢棄的房屋中湧現出零星的幾個士兵，他們都纏著繃帶，一看到慕容靈秀便拔腿往村子裏跑。

慕容靈秀一看見這種場面，原先的擔心早已不見了，大喝一聲，縱馬奔馳而出，緊緊地追著黃大等人。

那個燕軍的騎兵都尉剛帶著人走到村口，見到慕容靈秀縱馬馳出，一面招呼身後的騎兵快點跟上，一面大聲地喊道：「郡主！千萬不可深入啊！」

慕容靈秀第一次上陣殺敵，難免心浮氣躁，再加上相信自己武藝過人，見到這些殘兵，她哪裡顧得了那麼多，直接追了進去。

燕軍的騎兵都尉一邊朝前走著，一邊大叫道：「糟糕！郡主進得太快，萬一有埋伏那就麻煩了。快點跟上，一定要保護好郡主。」

那騎兵都尉的話都被胡燕聽到耳朵裏，他將那些話小聲地翻譯給唐一明聽，唐一明聽了，一臉喜悅。

「這女子果然不是一般人物，居然是郡主，難怪長得如此美麗。要是抓住她，那我不就可以要脅這些燕狗了嗎？」唐一明的心中如此想道。

此時，大批的燕軍騎兵湧了進來，慕容靈秀本是向前追著黃大，卻見黃大一閃便不見了，十分的詭異。

她看到周圍十分寂靜，便停在路中央，本能地將一支長箭搭在弓弦上，然後拉滿弓，將耳朵豎起，心想：只要聽到任何風吹草動，便開弓射箭。

那個燕軍騎兵都尉帶著人馬衝了進來，來到慕容靈秀身邊，大聲叫道：「郡主，此地殺氣重重，前面肯定有埋伏，咱們還是退回去吧！」

「混賬東西，我正準備建立奇功，你卻讓我退兵？這些個傷兵能奈何我！再敢勸我退兵，我第一個先殺了你！」慕容靈秀罵道。

慕容靈秀聲音剛落，入村的道路中黃大突然閃了出來，一邊跑著一邊喊道：「燕狗來了，大家快跑啊！燕狗來了，大家快跑啊！」

慕容靈秀正愁找不到人，見黃大出來，已經拉滿的弓箭便射了出去。

一聲弦響，那支長箭便向黃大飛了過去。

黃大早已做好準備，身子一閃又不見了，那支箭也和他擦身而過，卻沒有傷害到他。

「追！快給我追！」

慕容靈秀見一箭沒有射中黃大，便策馬而出，同時大聲喊道。

慕容靈秀騎著那匹紅馬向前跳躍。那馬向前狂奔了幾下便躍出好遠，慕容靈秀在馬躍過的地方，突然看到地上一道白線，她沒有在意，見從中央的水井邊湧出十幾個傷兵，便急忙策馬向水井而去。

跟在慕容靈秀身後的那些騎兵，卻沒有慕容靈秀那麼幸運，他們經過那道白線的時候，所有的馬匹突然踩空，身體下墜，竟然陷在一個大大的土坑裏。土坑裏面還插著尖尖的木樁，燕軍的騎兵和馬匹一經陷落便立刻身亡。

後面跟來的燕軍騎兵沒能及時停住腳步，也紛紛掉進了土坑裏，只一瞬間，燕軍的騎兵便死了五六十人。

慕容靈秀的馬匹剛奔到水井邊，便聽到身後人仰馬翻的聲音，回過頭時，看到的是慘烈的一幕，她自知中計，便大聲喊道：

「撤！快撤！」

這個村子的周圍都是高牆，圍成了一個圈，只有進村的一條路，要想出去，還得從入口出去。所以，這一次燕軍是有進無出了。

路面上突然陷出一個大坑，讓慕容靈秀覺得非常的不可思議，她見那大坑十分寬大，若想再跳回去，只怕很難了。她正在猶豫該怎麼回去的時候，水井邊，柳樹下，立時湧出幾十個士兵，為首的一個人便是黃大。

與此同時，道路兩邊殘破的房子裏，不斷有拋出來的磚頭，一時間，燕軍騎兵還來不及拉弓射箭，便被那些磚頭給砸了個遍體鱗傷。緊接著，成百上千的箭矢從道路兩邊的破房子裏射了出來，那些還來不及撤退的燕軍騎兵便又死傷了數百人。

「殺啊！」

兩邊同時喊出了振奮人心的聲音，唐一明、胡燕領著士兵持著盾牌、握著長戟從左邊衝了出來，黃二領著士兵從右邊衝出來。

中間的道路本來就很擁堵，唐一明、黃二、胡燕等人一經衝出便立刻撞向燕軍的騎兵，手中長戟也同時揮出，刺死了不少騎兵。一時間，燕軍的騎兵被圍在中間，行動不便，進來的士兵死傷大半。

守在村外的燕軍士兵聽到了村子裏的喊聲，便立刻增援，他們看到擁堵的甬道，便全部下馬，提著弓箭便開始亂射。

「嗖！嗖！嗖！」

燕軍的弓弦聲不斷響起，本來占上風的唐一明他們被這強大的箭陣給逼得又退回了破屋裏，只得找掩體掩護。同時，射箭的燕軍讓開了一條道路，身後的燕軍便提著長槍闖了進來。

燕軍闖進來後，停止了射箭，唐一明和士兵便重新殺了出來，兩邊夾擊，將中間的燕軍士兵又殺死了一些。

胡燕剛刺死一個燕軍的士兵，便對唐一明說道：「將軍，這樣下去不是辦法，燕狗的人數實在太多了。」

唐一明看看不斷增多的燕軍士兵，見他們十分的彪悍，而自己的部隊中大多數都是地方軍，久戰下去，肯定要吃虧的。

他一扭頭，看到在水井邊奮戰的慕容靈秀，便道：「擒賊先擒王，我去把那個娘們兒抓起來。」

唐一明說完，便立刻從破屋的殘破一角跳了出去，快速地繞著牆角移動到水井邊。

此時，黃大惡狠狠地盯著慕容靈秀，和其他六個士兵一起將慕容靈秀圍在中間。

慕容靈秀騎著火紅的戰馬，不停地在原地打轉，目光四處張望，生怕將她圍住的士兵從任何一個方向衝上來。她丟棄手中的大弓，抽出繫在腰間的彎刀，眼睛裏也充滿了殺意。

慕容靈秀看見一個黝黑健碩的漢子從一邊急走過來，大聲叫道：「哼！臭漢奴，要上就快點上！」

唐一明朗聲說道：「小郡主，你要是主動下馬受降，我們絕對不會傷害你。」

慕容靈秀環視四周，見唐一明應該是他們的頭頭，便道：「呸！姑奶奶的厲害你們還沒有嘗試過呢，堂堂大燕第一武士都敗在我的手裏，你們算得了什麼？來吧！」

話音剛落，她便提起手中的彎刀，然後縱馬向唐一明奔去。她座下的那匹馬兩個前蹄向前一仰，差點踏在唐一明的身上。好在唐一明身手夠敏捷，一下子躲了過去，不然的話，那兩個蹄子踏下去，非把他的肚皮踏出兩個窟窿不可。

唐一明剛閃過去，黃大等人便向前撲去，慕容靈秀騎馬狂奔，經過唐一明身邊時，手中的彎刀也砍了出去。

唐一明急忙用手中的長戟擋住，然後一腳踩在一個大土堆上騰空而起，在空中翻轉身子，一戟從空中劈了過去。

慕容靈秀大吃一驚，沒有想到唐一明居然能夠反攻，她一低頭躲了過去。

唐一明剛一落地，慕容靈秀便策馬駛出了包圍圈。慕容靈秀調轉馬頭，準備再來一次衝鋒，馬還沒有轉過頭來，便見唐一明踩著土堆，身子彈起直接撲到慕容靈秀的身上。

慕容靈秀「啊」的一聲大叫，便被唐一明撲下馬來，兩個人抱成一團，手中的兵器也盡皆散落，一起重重地摔在地上，在地上滾了好幾個滾才停住。

唐一明的身體壓在慕容靈秀的身上，雙臂將她的全身抱住，兩人臉挨著臉，鼻子剛好碰到一起，嘴巴也十分接近。

唐一明和慕容靈秀四目相接，他到古代後，第一次如此近距離地看著一個女人，而且緊緊抱著的女人還是敵人。

慕容靈秀常自詡武藝過人，可是現在和唐一明打鬥不過才三招，便被他撲倒在地，還被他熊抱著。她死命掙扎，無奈唐一明力氣太大，一時竟然無法掙脫。

她和唐一明四目相接的那一瞬間，看到了一張如同鐵一般堅毅的臉龐，其中還透著幾許滄桑，那種眉宇間的王霸之氣，讓她不覺被威懾住了。

只短暫的幾秒鐘時間，兩人的目光迅即分開。

唐一明還壓在慕容靈秀的身上，他能感受到她在不斷掙扎，想擺脫他的束縛；可是唐一明用胳膊牢牢地將慕容靈秀給環抱住，任她怎麼掙扎都無濟於事。

這時，黃大他們跑了過來，將長戟直接架在慕容靈秀的頭頂上，唐一明這才鬆開雙臂，然後從慕容靈秀身上站了起來。

他剛站起來，慕容靈秀便抬起一隻腳，狠狠地踹了他的大腿一下，他一個踉蹌沒有站住，向後跌坐在地上。

「活該！這是本郡主對你的懲罰！哈哈哈！」慕容靈秀不甘受縛，使出陰招，忍不住得意地道。

「你敢踹我們將軍？」黃大抬起手，便要蹲下身子打慕容靈秀的耳光。

唐一明急忙叫道：「住手！對待郡主不得如此無禮。」

黃大收回手，狠狠地瞪了慕容靈秀一眼。

唐一明站了起來，對躺在地上的慕容靈秀說道：「郡主，請起來吧，咱們這就出莊。」

黃大掏出一把匕首，遞給唐一明，說道：「將軍，用匕首頂著她，我去牽馬！」

那匹紅馬沒有等黃大動手，便發出一聲長嘶，邁開蹄子朝一邊跑了出去，黃大追了幾步，卻沒有追上。

「火風！快跑，回去告訴我五哥，讓他來救我！」慕容靈秀看到愛騎跑走，歡快地叫道。

「臭娘們，誰來也是白搭！」黃大罵道。

「哼！你們那麼多人欺負我一個，而且這裏很窄小，根本不適合馬上對戰；要是在一個空曠的地方，別說就你們幾個，就是再加上十幾二十個，我也能統統把你們殺死。」慕容靈秀冷冷地說道。

唐一明接過匕首，當下便拔了出來，然後用鋒利的利刃頂著慕容靈秀的身體。

「郡主，你現在已經淪為我的俘虜了，還說那樣的話，難道不怕我們殺了你嗎？」唐一明一邊推著慕容靈秀向前走，一邊問道。

「你推什麼推？本郡主知道該怎麼走！你要是想殺我早就殺了，何必如此大費周章？沒有我，估計你們也無法脫身。告訴你，在村子外還有兩千騎兵，他們已經將這裏牢牢地包圍了！」慕容靈秀不耐煩地道。

唐一明呵呵笑道：「郡主果然是個聰明人，只要郡主跟我們合作，我保證不會讓郡主受到一絲傷害！」

慕容靈秀自誇道：「你放心，本郡主是個絕頂的聰明人，你們不就是想從這裏出去嗎？只要我一聲令下，他們就會迅速撤離此地。不過，你要答應我，你們平安之後，就把我給放了！」

唐一明想了一下，道：「好，郡主爽快，我也爽快，咱們就這樣說定了。我們平安之後，就把你放回去。」

慕容靈秀「嗯」了一聲，唐一明用匕首架著慕容靈秀的脖子，然後帶著她走到入村的路上。

那裏還在混戰，燕軍和乞活軍相互僵持著，唐一明挾持著慕容靈秀，用利刃架在她的脖子上，然後大聲喊道：「住手！你們都給我退開！不然的話，我就殺了她！」

燕軍的士兵見一把鋒利的匕首架在慕容靈秀的脖子上，都不約而同地後退，生怕唐一明傷害到慕容靈秀。

一個燕軍的騎兵都尉一邊退，一邊用不是很純熟的漢話說道：「且莫動手，有話好說，只要你放開她，我們什麼條件都答應。」

慕容靈秀喊道：「你們快離開這裏，不用管我。」

唐一明嘿嘿地笑了兩聲，伸出了手臂，勒住了慕容靈秀的脖子，匕首尖端頂住慕容靈秀的後腰，輕聲地在她耳邊說道：「你要是膽敢再說一句話，我就立刻殺了你。」

慕容靈秀冷笑了一聲，說道：「你捨得殺我嗎？殺了我，你拿什麼要脅他們？我一旦死了，只怕你們這些人全都要給我陪葬。」

唐一明心中一怔，他萬萬沒有想到這個女人竟然如此聰明。他左思右想，想出了一個計策，便對慕容靈秀說道：「你要是不聽我的話，我就劃花你的臉，讓你這輩子都帶著一臉的刀疤生活。」

慕容靈秀聽到這句話，急忙伸手捂住自己的臉，顯得很是緊張，顫巍巍地說道：「好，算我怕了你，我不說話了，只要別劃花我的臉，讓我做什麼都行。」

唐一明聽了哈哈大笑，他知道美女都愛漂亮，不管是古代的還是現代的，如果真的劃花了她的臉，只怕比讓她死還難受。

唐一明笑聲過後，便用匕首在慕容靈秀的面前亂晃，在慕容靈秀的身上聞到一股淡淡的清香，那種香氣讓唐一明聞了覺得心曠神怡。

他湊到慕容靈秀的耳朵邊，輕聲說道：「這可是你說的，我不劃花你的臉，你什麼都願意做。那你快點讓這些燕狗離開這裏，空出一條路來，再留下所有的馬匹，把武器也統統拋在地上，然後退到獨木橋那邊去。」

慕容靈秀點點頭，鬆開捂住的臉，大聲說道：「你們都給我聽著，趕快丟下身上的武器，留下所有的馬匹，快速跑到那座獨木橋去。」

那個騎兵都尉生怕慕容靈秀會有什麼閃失，見唐一明的臉上露出猙獰之色，急忙下令士兵丟下身上所有的武器，然後留下馬匹，和另外兩個都尉帶著所有的燕軍士兵跑到河對岸。

唐一明見那些燕兵很是聽話，便嘿嘿地笑了兩聲，然後對身後的士兵說道：「大黃，去弄條繩子來！」

「你要幹什麼？要繩子做什麼？」慕容靈秀聽到「繩子」，十分緊張地問道。

唐一明笑呵呵地道：「對不住了郡主，要委屈你一下，先跟著我們走一遭，到了安全的地方，我自然會放了你。」

慕容靈秀怒道：「你現在不安全嗎？他們都沒有馬匹，追不上你們了，還不快把我給放了！」

黃大不知道從哪裡弄來一條麻繩，交給唐一明。

「郡主，你說的安全可不算，必須是我覺得夠安全了才能放了你，所以，就暫時委屈你一下了。不過，你放心，我一定會放了你，我一向說話算話的。」

唐一明走到慕容靈秀面前，將她的雙手牢牢地給綁住。

慕容靈秀白了唐一明一眼，恨恨地說道：「漢人就是狡猾，卑鄙，無恥！」

唐一明沒再理會慕容靈秀，一邊拉著那條綁著她的繩索，一邊衝黃大他們喊道：「你們都快點將地上的兵器撿起來，然後將所有的馬匹牽走，這次咱們可真是收穫不小啊！」

黃大、黃二、胡燕等領著所有士兵將地上的兵器撿起，用繩子捆在一起，然後放在馬背上。唐一明又命令他們將死去的兄弟給埋了，然後繼續順著去高唐的路前行。

唐一明為了防止慕容靈秀逃跑，便和她共騎一匹馬，讓慕容靈秀坐在自己的前面，然後雙手繞過她的身體拽著馬韁。慕容靈秀雖然十分不情願，卻也沒有辦法，誰讓她是唐一明的俘虜呢？

一行人剛走沒多久，那條窄小的道路便變得寬闊起來，他們一路狂奔。

酷熱的天氣，騎馬雖然不累，卻也抵擋不住那燥熱的天氣。唐一明可以清楚地看見在慕容靈秀露出的白皙脖子上，她的汗水一點一點地朝外滲，而且整個背部也已經被汗水濕透了。

第八章

交換人質

慕容霸冷笑道：「為了一個女人，
讓我拿出這麼多東西，你以為我會答應你嗎？
別說靈秀只是我的妹妹，就算你挾持的是我老子，
我也不會用這樣的條件來交換。
你要是真的想殺她的話，就殺吧。」

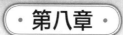

突然從後面閃過一團鮮豔的紅，那匹火紅的駿馬居然追趕了上來。

「火風！你怎麼來了，不是讓你去找我五哥嗎？」慕容靈秀一看到那匹火紅駿馬，緊張起來，衝那匹駿馬叫了起來。

唐一明看了眼那匹駿馬，全身通紅，沒有一根雜毛，與他第一次在廉台那裏見到的冉閔所騎的駿馬差不多，都是上等的好馬。叫火風的馬匹發出一聲長嘶，一直跟在唐一明的身後，再也沒有離開過，這麼通人性的馬匹，果然是匹寶馬。

連續奔跑了近半個小時，面前便可以依稀地看到那條行走緩慢的隊伍。

「大黃！」

黃大看到唐一明，急忙問道：「將軍，你叫我什麼事？」

唐一明道：「前面就是咱們的部隊了，現在燕兵一時半會兒也追不上來，你趕緊到隊伍的最前面，吩咐劉三，讓他命令部隊停下，歇歇腳，吃點東西。咱們帶回這麼多馬匹，夠分給百姓的了，等馬匹分配完，咱們再趕路，這樣一來，可以省去許多麻煩。」

黃大聽完，大喝一聲，驅馬快速向前奔跑。

一會兒，百姓都已經停了下來，坐在路邊休息。唐一明也勒住轡繩，然後跳下了馬，伸手要將慕容靈秀給抱下來。

「你幹什麼？」慕容靈秀問道。

唐一明道：「郡主，我抱你下馬！」

「趕快拿開你的髒手，我不用你抱！」慕容靈秀說完，便自己跳下馬背，快速走到火風身邊，抬起被綁著的雙手，輕輕地在火風的背上撫摸了兩下，眼睛裏流露出愛憐與疼惜。

「鮮紅如火，奔跑如風，火風這名字你起得不錯啊！」唐一明一手拽著綁著慕容靈秀雙手的繩子，一邊緩緩地說道。

慕容靈秀聽了，好奇地打量著唐一明。「你怎麼知道這名字的來歷？」

唐一明道：「我可是個高才生，這樣簡單的名字，要是還想不出它的來意，那我讀了那麼多年的書都是白念了嗎？」

慕容靈秀雙手在馬背上輕輕地撫摸著，道：「這名字是我四哥取的，這匹馬也是我四哥前兩天送給我的。四哥當時就是這樣說的，鮮紅如火，奔跑如風。」

「你四哥？」唐一明問道，「是誰？」

慕容靈秀突然轉過臉，望著唐一明，眼中流露出十分欽佩的表情，緩緩地說道：「我四哥慕容恪，是我們燕國的大將軍，文武雙全，才貌並兼，一直都是我十分欽佩的人物。」

「慕容恪？你四哥是慕容恪？」唐一明聽到這個名字，驚奇地道。

慕容靈秀想，如果唐一明認識她四哥，說不定能把她給放了，於是反問道：「怎麼？你認識我四哥？」

唐一明搖搖頭道：「我怎麼會認識他呢？慕容恪是燕國的大將軍，又是燕王的弟弟，那你就是燕王的妹妹了？」

慕容靈秀點點頭，她看到唐一明眼中閃過一絲光芒，急忙說道：「你不要打什麼壞念頭，我二哥雖然是燕王，但是你別指望用我來要脅我二哥。我告訴你，咱們兩個商量好的事，你不能反悔；如果反悔，你就是烏龜大王八！」

唐一明臉上一怔，他本來想拿慕容靈秀來要脅一下燕國，不換些金銀財寶，起碼也要換些糧食馬匹，可是這個念頭居然被慕容靈秀給看穿了。

但是，唐一明既然知道了慕容靈秀的身分，便不會輕易放她走。雖然他答應慕容靈秀，一到安全的地方就放了她，可天下都是兵荒馬亂的，哪裡還有安全的地方？只要把慕容靈秀帶在身邊，遇到燕國的追兵也不用害怕了。

唐一明嘿嘿地笑道：「郡主，你叫什麼名字？」

慕容靈秀聽唐一明問她名字，腦海裏轉了個圈，反問道：「你叫什麼名字？」

「唐一明！大唐的唐，一二三四的一，明朝的明！」唐一明毫不猶豫地答道。

慕容靈秀眨著大眼，問道：「大唐的唐是哪個唐？明朝的明又是哪個明？」

唐一明恍然大悟，大唐和明朝在這個時候還沒有呢，說了她也不懂，於是道：「管他娘的哪個字，你就叫我唐一明就可以了。」

慕容靈秀「哦」了一聲，看了看四周，小聲說道：「我叫慕容靈秀！」

唐一明聽了道：「看你年齡，也不過十五六歲，好好的郡主不當，幹什麼跑來當將軍？一打仗就有人死，看著那麼多死人，你就不害怕嗎？」

慕容靈秀眉毛一仰，大聲說道：「死人有什麼好怕的，我見的死人多了。」

這句話一出口，便引來周圍百姓的目光，他們看到一個嬌豔美麗又帶著幾許傲氣的女子。

就在這時，劉三神色慌張地從隊伍前面走過來。

「將軍！」

唐一明看到劉三一臉慌張，問道：「出什麼事了？」

劉三道：「將軍，你快跟我來看看吧！」

「你在前面帶路。」

劉三「嗯」了一聲，轉身朝部隊前面走了過去。

唐一明拽了一下手中的繩子，對慕容靈秀道：「郡主，麻煩你跟我到前面走一遭吧！」

「去前面幹什麼？我不去！」慕容靈秀厲聲說道。

唐一明從腰中掏出那把匕首，在慕容靈秀的眼前晃了晃，說道：「你要是不去，我就把你的臉給劃花！」

慕容靈秀急忙捂住臉，大聲說道：「你這個壞蛋，我還以為你是個言而有信的人，原來你是個無恥的大壞蛋。哼！算我瞎了眼，居然那麼倒楣，遇到你這個漢奴。」

唐一明呵呵笑道：「罵吧罵吧，你儘管罵吧。老子就是不放你，看你怎麼樣。現在你是我的俘虜，我想放才放！」

「哼！」慕容靈秀冷哼一聲後便不再說話了。

唐一明將匕首放回腰裏，然後一拉繩子，慕容靈秀便乖乖地跟著他朝部隊前面走了過去。

唐一明帶著慕容靈秀走到部隊的最前面，就看見劉三和幾十個士兵持著盾牌堵在道路中央，道路前面是一堆死屍，那些是穿著魏軍軍服的地方軍隊。死屍的旁邊有一輛側翻的馬車，周圍都是鮮血淋淋的，一顆人頭掉落在馬車旁。除此之外，路上再也看不到任何人影。

「這裏發生了什麼事？」唐一明看到眼前這一幕，忙問道。

「將軍，看樣子，這夥人應該是遭遇到強盜了。」劉三回道。

唐一明查看了一下馬車的周圍，衣物散落的到處都是，就連屍體上的衣服也被解開，搜刮走了身上所有的財物，那些士兵的兵器也全部沒有了。

唐一明把繩子交給劉三，然後走到馬車旁，見那些人的死狀十分難看，面部抽搐的表情還清晰可見。唐一明圍著馬車走了一圈，臉上現出怒意。

劉三看到唐一明臉上表情的變化，問道：「將軍，我們現在該怎麼辦？」

唐一明看了看四周，道路彎彎曲曲的，而且周圍都是荒蕪的田地，田裏都長著高高的荒草，誰知道裏面會不會埋伏著強盜呢？他定了定神，強壓住心中的怒火，對劉三說道：「先把這裏收拾一下，不能讓百姓看見這樣的慘狀。你去把大黃叫來，我有事情吩咐他。」

劉三應了一聲，應聲而去。十幾個士兵將那些屍體給掩埋了，又把路上的血跡也給用土埋住，再也看不見一絲的鮮血。

黃大從隊伍中走了過來，道：「將軍，你叫我？」

唐一明點點頭，道：「從這裏到高唐，只怕一路上不怎麼安全，可能會有強盜，我要你帶著幾十個兄弟先在前面探路，遇到強盜就把他們給清除了。」

黃大道：「將軍，你放心，這件事就交給我了。」

「嗯，去吧！挑選幾十個悍勇的士卒，騎馬去要快得多，沿途的荒草叢裏也要徹底地清查一遍，確保百姓能安全到達高唐。」唐一明令道。

黃大應了一聲，便親自去挑選了三十個士兵，然後騎馬先行而去。

唐一明拽著慕容靈秀走到隊伍中，看到百姓都面有饑色，便吩咐胡燕、黃二等人按人數多少帶領士兵埋鍋造飯。

唐一明看到不斷減少的糧食，心裏擔心起來，這一路上，二百多輛車的糧食已經吃掉了一半，再這樣下去的話，他們只得去打獵或者啃野菜了。他看了看身邊的慕容靈秀，用她換取糧食的心思更加的堅定。

不一會兒，稀粥煮好了，唐一明端著一碗稀粥到慕容靈秀面前，說道：「郡主，這裏荒郊野外的，這碗稀粥可以解渴充饑，你就將就將就吧。」

慕容靈秀也確實餓了，看到大家吃飯就只有一碗稀粥，嫌棄地道：「這叫飯嗎？我不吃！」

唐一明厲聲說道：「平常要是能吃上這些東西就算不錯的了，總比沒東西吃要強得多，你愛吃不吃！」

慕容靈秀看周圍的人都在吃著稀粥，也顧不得那麼多了，端起那碗稀粥，便咕咚咕咚喝了下去。一喝完，便問：「還有嗎？」

唐一明手中還端著一碗稀粥，剛喝了一半，看到慕容靈秀的那種眼神，他有點不忍，便將自己剩下的那半碗遞給慕容靈秀，說道：「哪，我這裏還有一半，你喝了吧！」

慕容靈秀抬起手，將唐一明手中捧著的那半碗稀粥給打翻在地，碗掉到地上也給摔碎了。

她耍脾氣地說道：「我好歹是個郡主，能喝這樣的稀粥已經算是給你面子了，你居然還讓我喝你剩下的？」

唐一明看到那半碗打翻的稀粥，心中很不是滋味，在這個要糧沒糧的時候，這半碗稀粥或許能救一個即將餓死之人的性命。

他的心中突然充滿了怒火，隨手揚起，一巴掌打在慕容靈秀的臉頰上，叫道：「你個臭胡虜，都淪為階下囚了還敢這麼囂張？告訴你，這糧食來得十分不易，我們都吃這個，給你吃就不錯了，你這樣浪費糧食，是在向我的耐性挑戰嗎？」

慕容靈秀潔白無瑕的臉上霎時浮起五指紅印，感到臉上火辣辣的疼。她感到十分憋屈，眼睛一紅，兩行滾燙的熱淚奪眶而出，卻狠狠地瞪著唐一明。

唐一明看到慕容靈秀的表情，覺得慕容靈秀實在是太囂張，都已經淪為俘虜了，還如此蠻橫傲氣，氣不打一處來，狠狠地說道：「瞪什麼瞪！再瞪我，我就把你的眼珠子挖掉，然後把你的鼻子割掉，最後劃花你的臉！」

慕容靈秀冷哼一聲，扭過頭，眼睛茫然地盯著北方，希望看到有人追來，那怕是一個穿著黑色戰甲的燕軍士兵，她也會顯得十分的高興。

十幾分鐘後，唐一明見大家休息得差不多了，便下令大軍開拔。

唐一明拉起繩子，對慕容靈秀冷冷說道：「走！該啟程了。」

唐一明這回沒有和慕容靈秀同乘一匹馬，而是讓火風馱著她，他則騎在另外一匹馬上，繩子還始終拽在他的手裏。

黃大和幾十個士兵按照唐一明的吩咐，一路上仔細搜查每一處地方，還真遇到不少強盜。強盜其實也都是些老百姓，他們沒有吃的，只好落草為寇。

黃大沿途共遇到了三夥強盜，都被他帶著這幾十個身經百戰的乞活軍士兵給擊敗了。強盜們或被殺死或逃跑，或者乾脆就投降了過來。黃大身後站著一百多個魁梧大漢，便是剛剛收編的強盜。

唐一明同意了讓這些強盜加入他們，但是嚴令他們必須要聽從他的吩咐，不能再行搶劫亂殺的事。從這夥強盜的口中，他也得知那被殺的人就是清河太守，總算給慘死在清河太守手下的百姓報了仇。

唐一明採用戶籍編制的方法，讓每個士兵負責十戶或者二十戶百姓，一路上相安無事。

高唐縣城裏一片狼藉，百姓都早逃走了，縣城也只是一座空城，他們得知燕軍從北方襲來，都紛紛向南去了，準備渡過黃河，到南方投靠東晉。

唐一明命令所有人暫時入城休息一天，第二天再走，一面派胡燕和幾個士兵到周圍打探消息，一面安撫民眾。

此時，對唐一明來說，他可以稍微地喘口氣了，自己手裏有大燕國的郡主，不怕有燕軍追來。而且，他正愁燕軍不追來呢，一旦燕軍追來，他便可以用慕容靈秀要脅燕軍，拿出金銀財寶、戰馬糧食等來做交換。

慕容靈秀被唐一明用繩子給綁著雙手，想逃都沒有辦法，一路上沒有給過唐一明好臉色看，他還打了她一巴掌，那是她人生第一次挨打，她心裏恨透了這個黑漢子，把他給罵了不知道多少遍。

入夜後，百姓和士兵們再次喝了稀粥，偌大的縣城裏就剩下這近萬的人馬，分散在縣城百姓的民房裏；唐一明和慕容靈秀住在縣令府邸裏，昏暗的燈光下，慕容靈秀坐在床邊，雙手仍然被繩子綁著。

繩子的另一頭，唐一明坐在那裏一言不發，眉頭緊皺想著事情。

「都這麼久了，燕軍的追兵怎麼還沒有追來？難道他們就不關心這個郡主嗎？」唐一明心想。

桌上擺放著燭火，驅散了房裏大部分的黑暗。

昏暗的燈光下，慕容靈秀更顯嬌媚，她那雙勾人攝魄的眼睛，盯著發呆的唐一明，她還是第一次這麼看一個男人，心中對唐一明充滿了好奇。

燭火散發著光亮，火焰時而變大，時而變小，將唐一明的輪廓清晰地展現出來。黝黑的皮膚，消瘦的臉龐，緊皺的眉頭上顯現出幾許哀愁。

唐一明的雙眼直勾勾地盯著燭火的火焰，一眨也不眨，彷彿整個世界都靜止在他的眼中。

「哎！」慕容靈秀突然輕輕地嘆了口氣。

她故意嘆氣，想引起唐一明的注意，因為她害怕這種死一般的寂靜，總會讓她想起白天所看到的血淋淋的一幕。寂靜的夜瞬間被她的嘆息聲打破，但是唐一明卻沒有反應，雙眼仍舊死死盯著那團火焰。

「外面那麼黑，是不是沒有月亮啊？」慕容靈秀又問了句。

唐一明仍是沒有反應。她有點怒了，連續兩次出聲，換來的卻只有無聲的沉默。

慕容靈秀心裏那股郡主脾氣瞬間便湧了上來。她從床邊站了起來，舉起被繩子綁著的雙手，伸出兩根手指頭，指著唐一明，大聲喊道：「喂！唐一明！你是聾了還是啞巴了？本郡主問你話呢，你為什麼不回答？」

唐一明這次動了，扭頭斜眼看了看站在床邊的慕容靈秀，淡淡地答道：「我為什麼要回答？」

慕容靈秀動怒了，掄起拳頭便要打唐一明，卻被唐一明緊緊地握住了雙手，怎麼也掙脫不開。

「你……你快放開我！」慕容靈秀衝唐一明大喊道。

唐一明站起身子，嘿嘿笑了兩聲，說道：「郡主，除非你答應我一個條件，我就放了你。」

「你想怎麼樣？」慕容靈秀瞪著唐一明，恨恨地說道。

唐一明目光在慕容靈秀的身上從上到下地打量了一番，然後又將頭湊到她的身旁，深吸了一口氣，作出一副色鬼的表情：「嗯，好香啊，郡主是金枝玉葉，果然跟一般的女人不一樣，就連身上出的汗都是香的。如今天色已晚，你我又共處一室，孤男寡女的，難免會發生點什麼事，郡主，只要你今晚好好地聽話，我保證會把你伺候得服服貼貼的。」

慕容靈秀一聽，認為唐一明露出了狐狸尾巴，是在垂涎她的美色，急忙叫道：「你別亂來啊，本姑娘可是堂堂的大燕郡主，你要是敢動本姑娘一根毫毛，我……我五哥肯定要扒了你的皮。」

唐一明嘿嘿笑道：「郡主，暫且不管你五哥是誰，就算他知道了又能怎麼樣？難道他能現在飛到你身邊不成嗎？你不就是個郡主嗎？我為什麼不敢動你一根毫毛？你看著，我不僅要動你一根，我還要動你全身。哈哈哈！」

慕容靈秀聽到唐一明的奸笑，心裏十分的不好受，然而她的手被唐一明牢牢地抓住，根本掙脫不開，便抬起腳踢向唐一明。

唐一明早有防備，一下子閃到一邊，然後從腰中拔出匕首，在慕容靈秀的面前晃了晃，道：「郡主，你做這些都沒有用，不如就乖乖從了我吧，我不會虧待你的，再怎麼說，你也是個郡主不是？」

「唐一明！你要是敢亂來，我就死在你面前！就算做鬼也不放過你！」慕容靈秀咬牙切齒地說道。

唐一明這麼做，是故意想調戲一下慕容靈秀，也是故意想打壓一下她那種囂張的氣焰。

他作出兇惡的表情，一臉的邪笑道：「想做鬼？還沒有那麼容易。你的年紀也差不多到了該出嫁的年齡了，我看你還是個處子吧，今夜正好是個良辰，我一會兒就把你給辦了，過了十個八個月的，說不定還能給我生出個大胖小子呢。哈哈，我這人這方面還算可以，只是沒有老婆，今天剛好遇到你，咱們也算有緣，你就從了我，給我當老婆吧。哈哈，哈哈哈！」

慕容靈秀大罵道：「賊子！無恥的漢奴，你不得好死，我就算死，也不會讓你得逞的。」

慕容靈秀說完，看見唐一明手中的匕首，便一頭撞了過去。

唐一明急忙閃開身體，將手中的匕首給插在腰裏，又緊緊地抓住她的雙手，大聲叫道：「夠了！我不和你鬧了，只要你肯聽我的話，乖乖地待在房間裏，我是不會把你怎麼樣的。」

說完，便將慕容靈秀的雙手給鬆開了。

慕容靈秀一被唐一明放開，便急忙退到牆角裏，眼睛仍舊惡狠狠地盯著唐一明，恨不得把唐一明給生吃活扒了。

唐一明嘿嘿地笑了兩聲，鬆開了手中握著的那根繩子，對慕容靈秀說道：「郡主，好好休息吧，明天一早我們還要趕路呢。我就在門外，你是跑不掉的！」說完便走了出去。

慕容靈秀見唐一明走了，從黑暗的角落裏走出來，用嘴使勁地咬著麻繩，卻始終也弄不開綁著她的繩子。她一屁股坐在床上，看著門大聲罵道：「唐一明，你是個渾蛋，無恥的渾蛋！」

唐一明聽到慕容靈秀的罵聲從房裏傳了出來，沒有理會她。之後，房間裏的燈光熄滅了，再後來，唐一明便聽不到房間裏的任何聲響了。

夜依舊很靜，又恢復了那種死一般的寂靜。唐一明躺在門口的地上，呼呼大睡起來。

他不怕慕容靈秀會逃跑，因為他早已經觀察過，房裏只有一扇窗戶，房間的門被他命人落了鎖，又把窗給封死，所以慕容靈秀是無論如何也逃不了的，所以他才敢放心地大睡。

第二天一早，唐一明便起了身，他沒有去叫房裏休息的慕容靈秀，而是先去軍營，吩咐士兵做了早飯。之後，又去查看了一下糧車。

吃完早飯，唐一明吩咐黃大等人開始準備撤離此城。

當城內的一切工作都準備好時，高唐縣城外飛馳而來四匹快馬，那是昨晚唐一明派出去偵查的「偵察兵」。

胡燕帶來了最新的情報：燕軍以大將軍慕容恪為統兵主帥，帶領十萬燕軍向西攻打並州；以輔國大將軍慕容評為主帥，率領八萬燕軍清掃冀州各地，而鎮北將軍慕容霸正率領一萬精騎從巨鹿出發，向著高唐而來。

另外三個士兵沒有打探到太確切的情報，卻帶來一個重要的消息：冀州各地的百姓聽說燕軍大舉進攻，都南逃準備渡黃河投效東晉。

「慕容霸帶領軍隊從巨鹿而來，肯定是為了慕容靈秀，我正愁他不來呢，他來了，我一定要狠狠地敲他一筆；不弄到足夠的糧食，我是不會放走慕容靈秀的。冀州之民大舉南遷，一路上勢必會形成難民潮，難民潮一旦形成，只怕對我渡黃河會有所影響。既然他們都是為了避難而南遷，與我的目的一樣，我何不收留這些難民呢？」唐一明心中想道。

「將軍，咱們現在該怎麼做？」胡燕看到唐一明久未發話，忍不住問道。

唐一明緩緩說道：「慕容霸此次帶兵前來，必定是為了咱們的俘虜，只要談妥條件，咱們便可以將燕國郡主給放了。胡燕，你傳令下去，讓劉三帶著人馬緩行，要是一路上遇到難民，就讓他們隨我們的隊伍一起前行。反正大家目的都是渡黃河，如果有個統一的調度，那我們渡黃河也會簡單許多。」

胡燕看了眼慕容靈秀，懷疑地說：「將軍，你說這個燕國的郡主值多少東西？慕容霸號稱燕國第一武士，他會接受我們的條件嗎？」

唐一明想了想，道：「慕容靈秀好歹是燕國的郡主，燕國就算再窮，總不能連點糧食都沒有吧？他們是馬上的民族，我們就要戰馬和糧食；如果可以的話，再要點金銀財帛，總之，能多敲詐一點就敲詐一點。我打聽清楚了，燕王就這一個妹妹，愛護她還來不及呢。」

胡燕呵呵笑道：「將軍，我真是佩服你。我這就去告訴劉三，讓他帶著部隊先行。」

唐一明點點頭，見胡燕轉身走了，便向黃大招了下手，對黃大說道：「你去叫上小黃，留下一百個人跟著我，咱們暫時不走，守在這裏，等候一個重要的人。」

「重要的人？」黃大疑惑問道。

唐一明道：「慕容霸率領了一萬騎兵，已經從巨鹿出發，估計用不了多少時間便會到這裏，咱們必須迎接一下這個大財神。」

「太好了，我五哥終於來了！」慕容靈秀一臉的喜悅。

唐一明冷冷道：「高興什麼，他不拿東西來換你，我是絕對不會放你走的。」

慕容靈秀「哼」了聲，道：「如果我五哥用東西來換，你是不是願意放我回去？」

唐一明故意說道：「說實在，你長得那麼漂亮，是個難得一見的美人，我還真捨不得放你回去。你要是走了，我肯定會很傷心的。不過，要是你五哥真的願意用東西來交換的話，等我到了安全的地方，我自然會放了你的。」

「你少在這裏假惺惺了，如果你惹怒了我五哥，他是不會在乎我的生死的。所以我奉勸你，提點合理的要求，千萬別激怒了我五哥。」慕容靈秀警告道。

劉三繼續帶領著大部隊前行，唐一明拉著慕容靈秀，站在高唐城的城樓上，向外眺望著，等了許久，才看見一標人馬滾滾而來。

那是燕軍的騎兵，領頭的是個穿著厚厚重鎧、頭戴鋼盔，手提一根方天畫戟的年輕將領。

那將領約莫二十五六歲，魁梧的身材，冷峻的面容，高高的鼻子，深陷的眼窩，加上有稜有角的輪廓，一個亂世的英雄形象便被勾勒出來。

領頭的燕軍騎士便是慕容霸，號稱大燕國第一武士，十三歲時便已經勇冠三軍，是燕國的頭號猛將。唐一明第一眼見到慕容霸，便覺得他身上透著一股說不出來的英雄氣概，不禁對他起了一絲敬意。

唐一明心中大起疑惑：「為什麼鮮卑慕容氏的兒女們都個個出色？女人長得那麼漂亮，男人長得又那麼英武，他們的老子豈不是更厲害？是不是他們的身上都遺傳著優良的基因？」

唐一明望著城下不斷湧來的鮮卑騎兵，見馬上的騎士個個精神，一律穿著黑色戰甲，那種雄壯，是他以前所感受不到的。不禁發出一聲感概：「如此雄壯的騎兵，難怪能在歷史的長河中佔據一席之地了。」

慕容霸領著一萬騎兵迅速到了高唐城下，看到城門緊閉，城樓上，唐一明用一把鋒利的匕首架著慕容靈秀的脖子，他臉色一沉，大聲道：「賊將快放開靈秀，不然我踏平你這座城池！」

唐一明本來對慕容霸的模樣還表現出了三分敬佩，但是一聽到慕容霸叫他為「賊將」，心裏十分的不爽，大罵道：「臭燕狗，你他娘的看清楚了，老子是你漢家爺爺，莫要口出妄言，小心我一不留神傷了你家妹妹！」

慕容霸眼睛骨碌一轉，自覺失語，畢竟他此次深入幾百里是為了救妹妹來的。他見慕容靈秀在別人的手裏控制著，隨時都有生命危險，便放低身價，道：「你要怎麼樣才肯放了靈秀？」

唐一明把早已想好的籌碼喊了出來：「很簡單，黃金十萬兩，白銀三十萬兩，戰馬五萬匹，糧食三萬車。」

慕容霸聽了，臉上一怔，俄而便顯出幾許怒色，道：「你不是在跟我開玩笑吧？」

「開玩笑？你看我像是在跟你開玩笑嗎？我的條件已經提出來

了，就看你答應不答應了。」唐一明衝慕容霸喊道。

慕容霸冷笑一聲，道：「為了一個女人，讓我拿出這麼多東西，你以為我會答應你嗎？別說靈秀只是我的妹妹，就算你挾持的是我老子、我兒子，我也不會用這樣的條件來交換。你要是真的想殺她的話，就殺吧；縱然一死，也是為國捐軀。你要是真心想和我交換，就請提出一個合理的要求來。」

慕容靈秀連連點頭，但是她的嘴巴被堵著了喊不出聲來，只能發出「嗯嗯」的聲音，似乎是有話要說。

「將軍，你的條件實在是太荒唐了，燕狗根本不會用這種條件來交換的，如果執意這樣，肯定會激怒這些燕狗的。慕容霸是赫赫有名的戰將，萬一把他激怒了，只怕他真的會不顧郡主的生命從而攻城的。」胡燕在唐一明身後小聲地說道。

唐一明扭頭問道：「那你說什麼樣的條件他才會接受？」

「我在燕國待過一段時間，知道鮮卑燕狗的一些習俗，他們把女人當做財物，是可有可無的東西，所以絕對不會受到女人所羈絆的。郡主既然是燕狗大王的妹妹，燕狗有的是馬匹，將軍不如提出用一兩千匹戰馬做為交換條件，興許慕容霸還會答應。」胡燕細細地分析道。

慕容靈又連連點頭，發出「嗯嗯」的聲音。

唐一明看慕容靈秀似乎想說話，便拿開堵在她嘴裏的布。

慕容靈秀嘴裏的布一被取出，便急忙說道：「你的手下說得很對，對我們鮮卑人來說，女人確實是件可有可無的東西，就算是我也不例外。我五哥平時脾氣暴躁，現在能心平氣和地跟你談條件，已經算是不錯的了，你還提出那樣的條件，不是在自找死路嗎？這樣吧，我知道你們現在最缺少的就是糧食，不如你提出用幾百輛車的糧食來換我，我五哥興許還能答應。」

唐一明看黃大、黃二、胡燕等人都連連點頭，心想，在這樣的亂世，到處都是兵荒馬亂的，就算要了金銀也沒有多大用處，只有糧食才是最重要的，於是朗聲對慕容霸說道：

「慕容將軍，剛才我是開個玩笑，你別生氣，咱們重新談條件。我知道，你就這麼一個妹妹，她同樣也是你們大王唯一的妹妹，如果她死了，你又怎麼向你們大王交代呢？不如這樣，你用五百車的糧食和兩千匹戰馬來換她。我這個條件不算苛刻吧？」

慕容霸臉上沒有一點表情，厲聲說道：「三百車糧食，一千匹戰馬！」

唐一明見慕容霸十分堅定，一點都不容得動搖，似乎這是慕容霸的底線了，這雖然和他的期望大大不同，但是他見慕容霸肯換，總比撕破了臉要強得多，於是說道：「好！就依你，三百車糧食、一千匹戰馬。那我們什麼時候交換？」

「現在！」慕容霸斬釘截鐵地說道。

慕容霸將手中的長戟一招，從隊伍後面便駛出一些人來，兩匹戰馬拉著一車糧食，一共有三百車糧食和六百匹戰馬，糧車的周圍更是有四百名燕軍的騎兵跳下馬來，將戰馬一併送到了城門口。

唐一明這時才明白，慕容霸是早有準備，他不禁有點上當受騙的感覺，如果再跟他討價還價一番，只怕還真能達到他心中五百車糧食和兩千匹戰馬的條件。

他看到那些戰馬和糧車被推到離城門不遠的地方，而慕容霸身後的騎兵似乎都有點躁動，眼睛裏充滿了殺意。

「這慕容霸既然是大燕的第一武士，手下的士兵更是如狼似虎，這次又是早有準備，看他們蠢蠢欲動的，難道是想趁我交換的時候便要屠城不成？不行，我現在還不能輕易地將慕容靈秀給放了，必須到了安全的地方才能放了她。」唐一明心中如此地思量了一番。

唐一明便大聲喊道：「慕容將軍，此次只是為了交換俘虜，你竟然帶了那麼多人來，難道是想趁著交換，展開屠城不成？」

慕容霸一怔，他的計策居然被唐一明一語道破，只好掩飾說道：「你放心，這些人只是來保護郡主的，絕對沒有屠城的意思，還請你快點交換吧！」

唐一明心想不能單憑慕容霸的一句話就去掉戒心，於是說道：「慕容將軍，為了郡主的安全，煩請你將部隊退後五里，待我收了這些糧車和戰馬，再放了你妹妹。」

慕容靈秀不滿地道：「唐一明，你是不是又想耍賴？快點放了我！」

唐一明用匕首頂住她的後腰，小聲道：「小郡主，別緊張，我不會耍賴的，只是要等到我認為安全的時候。」然後將布塞進了慕容靈秀的嘴裏，讓她不能說出話來。

慕容霸勒馬在城下，緊緊地握著手中的長戟，看著妹妹又被堵住了嘴，他的計策也被唐一明給識破，不禁氣急敗壞。

他本想帶著大軍殺進去，可是一看到慕容靈秀那張熟悉的臉龐，心裏便湧上一股親情。

雖然他是個殺人不眨眼的武將，但是當他聽說妹妹被俘，毫不猶豫地從自己的戰利品中支出三百車糧食和一千匹戰馬，迅速地跑來交換。

慕容霸其實也很為難，他知道一旦慕容靈秀被俘的消息傳到身為燕王的慕容俊耳裏，本就忌憚他的慕容俊，一定會借此機會來打壓他。

他是大燕國的第一武士，在戰場上立過無數汗馬功勞，使得他在軍中威信極高。功高震主，就為這一點，慕容俊一直都很提防他，若不是四哥慕容恪從中周旋，他又怎麼能以鎮北將軍的職位統領數萬大軍呢？

慕容霸很清楚自己的處境，所以他必須將此事嚴密封鎖，迅速地救回妹妹，又不至於有什麼把柄落在慕容俊的手上。

慕容霸恨恨地咬了咬牙，將手中的方天畫戟指向城樓上的唐一明，臉上青筋暴起，大聲叫道：

「靈秀要是少一根頭髮，我慕容霸勢必帶著這一萬鐵騎橫掃周邊郡縣，屠殺你們的百姓，以雪我心頭之恨！」

唐一明聽到慕容霸拿郡縣百姓來要脅他，一時來氣，便伸出手在慕容靈秀的頭上拔下一根頭髮，衝著慕容霸大叫道：

「慕容霸！你看這是什麼！我剛剛從你妹妹的頭上拔下一根頭髮，你又能奈我何？你要是不撤軍，老子就把你們大燕國的郡主吊起來，看你又能怎麼樣。」

慕容霸眼睛瞪大，怒氣更盛，可是慕容靈秀還在對方手中，如果他沉不住氣，只怕會傷害到慕容靈秀，那他也就離死不遠了。

他強忍住心中怒火，將手中的方天畫戟一舉，調轉馬頭，對身後的部隊說道：「全軍後撤五里！」

第九章

吃飯問題

與此同時，唐一明也深深地感受到一股壓力。
首先便是這麼多人的吃飯問題，他下令士兵去抓魚、打獵，
混合著糧食開始做飯，準備在岸邊度過一夜。
唐一明看著這將近五萬人的大部隊，
他在想，他該用什麼辦法去養活他們？

一聲令下，燕軍的所有士兵全部後撤，慕容霸朝城樓上喊道：「我已經讓他們都退了，你快點把靈秀給放了！」

唐一明讓黃大等人去接收糧食和馬匹，自己仍舊挾持著慕容靈秀，緊盯著慕容霸，生怕他有什麼壞主意。

「你到底想怎麼樣？我都已經按照你的吩咐做了，你為什麼還不把靈秀給放了？」慕容霸看唐一明一動不動，緊緊地拽著慕容靈秀，質問道。

唐一明笑道：「慕容將軍，你是大燕第一武士，武力過人，無人能及，我這麼做，也是為了以防萬一；你要是突然發難，我這些兄弟又怎麼是你的對手呢？只好暫時委屈一下令妹，等我到了安全的地方再放她不遲。」

「你！」慕容霸聽到這話，覺得唐一明太過狡猾，怒氣沖天叫道：「你到底是放還是不放？」

唐一明見慕容霸動怒了，他座下的那匹駿馬更是在抬著蹄子，似乎要猛然發作，急忙將匕首挪到慕容靈秀的脖子那裏，大聲叫道：「慕容霸！你千萬別輕舉妄動，你要是敢動一下，我就立刻殺了你妹妹，大不了來個魚死網破！」

高唐城的北大門洞然打開，黃大、黃二、胡燕領著一百號兄弟急忙衝了出來。黃大、黃二率領乞活軍士兵結成一個戰陣，守衛在糧車周圍，胡燕則帶人迅速地將糧車和馬匹拉回城內，城門又重新關上。

慕容霸的眼中滿是怒火，大吼道：「賊將！你到底要怎樣？」

唐一明呵呵笑道：「很簡單，勞煩你派出五百騎兵跟隨我，我渡過黃河後，自會將郡主放回去。慕容將軍，你也別動怒，我這是出於自保。如果我現在就將令妹放了，以你的個性，你會放過一個曾經要脅過你的人嗎？」

慕容霸強壓住內心怒火，道：「魏國已經形同枯木，我大軍也已南下，大河以北只怕無人能敵。你要過黃河，就暫且讓你渡，一旦大軍結束河北的戰事，我們便會朝大河以南發展，到時候，我一定親自殺了你。」

唐一明道：「能與慕容將軍一戰，也是我所希望的，不過，我剛才提的條件，還請慕容將軍務必遵循；當然，你要是信得過我，不派兵跟隨也成。」

慕容霸冷地哼一聲，將手中畫戟一舉，從高唐城外道路兩邊的樹林裏便湧出一千騎兵，迅速集結到慕容霸的身邊。

慕容霸調轉馬頭，朝身後的騎兵叫道：「留下五百人，緊緊地跟著郡主，務必迎回郡主，若是有什麼閃失，就提頭來見！」

一個騎兵都尉策馬來到慕容霸身邊，不放心問道：「將軍，你就那麼相信那個漢奴嗎？萬一他不把郡主放了，那該怎麼辦？」

慕容霸看了眼唐一明，淡淡說道：「他是個聰明人，應該知道其中的利害關係，我們現在是在魏國的土地上，你們儘管跟在他的後面，不論發生什麼事，都不許插手，只需安全迎回郡主，我重重有賞。」

騎兵都尉厲聲說道：「將軍放心，我等一定安全迎回郡主！」

慕容霸又細細地看了下高唐城，除了城樓上的唐一明和慕容靈秀外，再也看不見任何一個人，對身後的士兵說道：「高唐城是座空城，你們要把守好四個城門，只要見到他帶著郡主出城了便跟過去。」

慕容霸說完，便留下一個騎兵都尉和五百騎兵，自己帶著剩下的士兵向著來時的路撤了回去。

唐一明見慕容霸退去，長舒一口氣，伸出手擦了擦額頭的汗水，輕輕道：「好險！」

「郡主，走吧！」唐一明衝慕容靈秀嘿嘿笑了聲，道。

唐一明推著慕容靈秀走下城樓，火風見到慕容靈秀走了下來，立時乖乖地走到階梯旁等候著主人。

唐一明將慕容靈秀抱到火風背上，自己也騎在火風背上，將慕容靈秀牢牢地抱在懷裏，生怕她會逃脫自己的控制。儘管慕容靈秀十分不情願，卻無能為力。

唐一明將另外一匹戰馬的馬韁給綁在火風的馬鞍下面，大喝一聲，便朝南城門而去。

南城門是虛掩著的，唐一明騎著火風，剛一衝出去，便看見一隊燕軍的騎兵從另外一個城門的角落裏轉了出來，尾隨著他們。

從高唐城一路向南，大概四十多里的地方，有一個渡口，叫做風陵渡。唐一明一路狂奔，追上黃大他們。

黃大望著後面那隊燕軍騎兵，對唐一明說道：「將軍，既然我們已經脫險了，又換來了糧食和馬匹，這個郡主我看不放也罷。依我看，不如將軍把她娶了吧。」

慕容靈秀使勁地搖頭，眼裏冒出恨恨的凶光，瞪著黃大。

唐一明搖搖頭，道：「大黃，你說的我不是沒有想過，不過，我們既然收了慕容霸的糧食和馬匹，就一定要把她放了。她雖然在咱們手裏，卻是個燙手山芋，我們只求安全渡過黃河，我可不希望一直被燕狗追著。」

黃大回頭看了看後面的燕軍騎兵，十分不樂意地說道：「將軍，這些燕狗跟鬼魂一樣，一直跟著我們，要不要我們來個伏擊？」

「伏擊？不用，他們不敢靠近，是我讓他們跟的，如果不這樣的話，慕容霸也不會輕易放我們走。」唐一明解釋道。

黃大不再說話，策馬跑到了隊伍的最前面。

「嗯！唔！」慕容靈秀使勁地發出了這種聲音，似乎想說話。

唐一明嘿嘿笑了兩聲，然後道：「郡主，再委屈你一下，等到了黃河邊我就會放了你，你也可以徹底地自由了。」

約莫半個時辰，一行人走到一個十字路口，從另外兩條大路上陸續走來許多百姓。那些百姓的臉上都顯得很是疲憊，帶著隨身的包袱，有的抱著孩子，有的攙著老人。這些都是向南逃難的難民，把道路堵得水泄不通。

唐一明望著如同潮水般不斷向前湧來的難民，一時不知道該怎麼辦才好，嘆了口氣道：「這會兒劉三應該已經到黃河邊了，我讓他收留難民，不知道怎麼樣了。」

「將軍，這樣下去，我們要到什麼時候才能到達渡口啊？」黃大看到這種情況也很揪心。

「大黃，你帶人拉出幾輛糧車，將糧車堵在前面的路中間，給過往的民眾一人分一點。」唐一明交代道。

黃大眨巴著眼睛，道：「將軍，這麼多難民，就是把我們車上的所有糧食都分給他們也不夠啊。」

唐一明在黃大的肩膀上拍了一下，說道：「照我說的做，一會兒你就知道有什麼用處了。」

黃大「嗯」了一聲，便帶著人先後拉出四輛糧車，聚集在通往渡口道路的中央，將原本就擁堵的道路一下子給堵死。

「你他娘的搞什麼鬼？幹嘛堵住去路？」難民看黃大等人將通往渡口的道路給堵死，紛紛喊了出來。

一時間，難民們紛紛叫嚷著，一片嘈雜。

唐一明下了馬，走到糧車前，用匕首在一袋糧食上劃開一道口子，從裏面流出了一些麥子。他用手抓起一把麥子，喊道：「都別吵！鄉親們，你們看看，我手裏抓的可是糧食，你們從哪裡來我管不了，但是你們要去的地方，和我要去的地方一樣，我們都希望能夠渡過黃河，離開此地，但是，這樣擁擠地走是絕對不行的，希望大家能團結一致，我有的是糧食，只要你們聽我的。」

難民們互相望了望，臉上現出一絲喜悅。然而老百姓不相信天底下會有這麼好的事，平時軍隊除了掠奪他們、榨取他們外，從來沒有給過他們什麼。

「有燕軍！遠處有燕軍！」

不知道是誰，看到唐一明的部隊後面停靠著的燕軍騎兵，大聲喊了起來。這一喊不要緊，難民們紛紛躁動不安，一時間陷入恐慌，有不少難民開始試圖衝破黃大等人堵著的道路。

唐一明見到這種情況，大吃一驚，吼道：「都別亂動！都別怕！大家聽我說！」

「還聽你說個什麼？肯定是你把燕軍引來了，堵住我們的去路，想劫殺我們！大家千萬不要上當啊！」

唐一明見情況快要失控，難民們也開始亂喊亂叫地向前逃竄，他怕再這樣下去會發生踩踏事件，當即爬上糧車，站在最高的地方，使出了全身的力量喊道：「大家都鎮定點，都給我鎮定點！」

可是沒有用，他的喊聲像石沉大海一樣。

「將軍，快想辦法，我們快堵不住了！」黃大和士兵們持著盾牌擋成了一條線，很是吃力地擋住不斷撞擊的難民們。

唐一明突然跳下糧車，解開一匹拉著糧車的馬匹，拿著匕首朝馬匹的屁股上刺了一下，那匹馬發出一聲長嘶，邁開蹄子，便朝路旁的荒田跑了出去。

馬匹發出的長嘶傳到所有人耳裏，難民們不知道怎麼回事，一時間愣在那裏。唐一明借機又重新登上糧車，大聲叫道：

「鄉親們，都聽我說！那些燕軍不是我叫來的，他們是來追我們的，只是害怕我，所以才不敢靠近。我和你們一樣，也是逃難的人，既然大家都是逃難，若是再不團結起來，我們怎麼能渡過黃河？你們務必要相信我。」

那些難民們將信將疑，還是不十分肯定。

「大黃！分糧食！」唐一明厲聲叫道。

黃大急忙從糧車上拆開幾袋糧食，其他士兵見了，也紛紛打開了糧車上的糧食。

「鄉親們，我現在就把糧食分給你們，如果你們願意聽從我的指揮，我就給你們糧食；我還可以帶你們渡過黃河，免受追兵的侵擾！」唐一明喊道。

難民們互相看了看，心中不斷地盤算著，不僅有糧食拿，還可以免受追兵的侵擾，這種事何樂而不為呢？

一個老漢率先喊道：「我願意跟隨你，只要讓我渡過黃河，離開這個鬼地方，讓我做什麼都成！」

隨後便有許多難民表示願意跟隨。唐一明讓他們排好隊，讓黃大等人開始分糧，分到糧食的，便可以通過，直接去渡口。

不一會兒，原本擁堵的道路便被緩解了，難民們有秩序地排著隊伍，接受黃大等人的分糧。糧食很快便分完了，難民們按照唐一明的吩咐，兩個人一排，有秩序地向渡口走去。

唐一明又帶慕容靈秀奔到後面的燕軍前，燕軍的騎兵都尉見到唐一明帶著慕容靈秀過來，一臉大喜，本以為唐一明要將慕容靈秀給放了，誰知道卻看到唐一明拿著匕首頂著慕容靈秀。

唐一明說道：「我勸你們不要做傻事，萬一傷到郡主，你們恐怕擔當不起吧？我來是要告訴你們，你們不能再這麼緊緊地跟著我，也不許你們公然露面，只能藏在河岸上，如果不按我說的做，你們休想讓我放了你們的郡主。」

騎兵都尉用不是很純熟的漢話說道：「只要你不傷害我們郡主，我們也不會相逼，這裏畢竟是在你們的地界上，我們只想安全地迎回郡主，不想招惹不必要的麻煩。你大可放心，我們會按照你說的做，不公開露面，但是卻不能不跟著你們。」

唐一明也不相逼，調轉馬頭，騎著火風狂奔而去。

又走了一個多小時，終於到了渡口。

風陵渡是個古渡口，一向有守兵把守。唐一明遠遠便望見一個整齊的隊伍，那些是守衛渡口的魏軍士兵，穿梭在不同的難民隊伍裏。

唐一明站在高高的田埂上觀察著地形，這一段黃河並不怎麼寬闊，水流速度也不怎麼急，很容易便能過去，只是河面上卻看不到任何船隻，船隻都被一隊數百人的士兵封鎖在渡口裏。

唐一明見成千上萬的難民都聚集在離渡口不遠的低窪地上，還看到了一些士兵和百姓相夾的隊伍，他的心裏一下子喜悅過來，他看到的是自己的部隊，劉三所帶領的人都聚集在那裏。只是他不明白，為什麼他們先到了卻不渡河。

唐一明命令士兵向劉三那邊匯合，百姓開始移動，兩邊的人彙集在一起，足足有兩萬多人，好不壯觀。唐一明下令拉出一百車糧

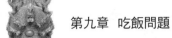

食開始埋鍋做飯，弄點稀粥分給所有的難民喝。

唐一明叫來劉三，詢問情形。

劉三一肚子的氣，顯得很是氣憤地道：「將軍，那些把守渡口的士兵真他娘的不是人，說要渡河的話，每個人要交一兩銀子；如果不交就不讓渡河。我去找他們理論，那把守渡口的將軍根本就不見我，還把船隻給鎖起來，不讓人靠近。」

唐一明聽了，恨恨說道：「這些狗官，打仗不主動，收錢倒是很主動。劉三、黃二，你們兩個跟我去渡口走一遭。」

劉三、黃二應聲站了出來，手中還持著一根長戟。

唐一明看見，道：「丟下武器，現在不是打架的時候，我們去找那個狗官理論理論，如果他不從的話，我們再動用武力。」

唐一明將慕容靈秀交給胡燕看管，自己帶著劉三和黃二便去了渡口。

渡口入口的士兵看到三個凶神惡煞的乞活軍士兵，急忙攔住。

一個士兵叫道：「你們三個幹什麼的？」

唐一明冷冷地道：「我是車騎將軍，快去告訴你們的將軍，我要見他！」

那個士兵上下打量了一番唐一明，哈哈大笑起來，道：「車騎將軍？車騎將軍會穿成你這個樣子？快滾快滾，你們這些死要飯的士兵，竟然要到這裏來了。」

唐一明聽了這句話，立刻怒了，一個箭步衝了上去，一把抓住那個士兵，將他牢牢地挾持住，然後很輕易地便奪下他手中的武器，手臂勒住他的脖子，大聲叫道：「都給我閃開！我不想有人死在我的手下！」

那些士兵都知道乞活軍，也知道他們的戰鬥力，看到唐一明臉上暴起的青筋以及他那種氣勢，都被嚇住了，紛紛讓開了道路。

「你們的將軍在哪裡？」唐一明勒著那個士兵，輕鬆地進了渡口，然後問道。

士兵答道：「將軍就在左邊的大帳中。」

唐一明鬆開挾持的那個士兵，喊道：「你們誰敢過來，我就讓他死得很難看！」

唐一明剛走到大帳門口，便聽到一陣男女的調笑聲，唐一明怒意大起，一把掀開幕簾，衝進大帳裏，喝道；「這時候還有心思搞這事？正好，殺了他！趁機佔領渡口，帶領百姓渡河，也省去了許多麻煩事。」

唐一明快步走到那對男女身邊，抬起一隻腳踹在那個男人的背上。

那男人身體猛地向前一傾，嚇了一大跳，還沒有來得及回頭，便大聲喊道：「是哪個兔崽子這麼不守規矩？是不是活膩味了？」

女人睜開眼睛，看到三個纏著繃帶的大漢站在男人背後，「啊」的一聲大叫，急忙推開男人，跑到一邊。

男人從地上爬起來，轉身看見三個大漢，身上穿著破爛不堪的乞活軍衣服，眼中露出幾許凶光，揚起手便朝唐一明的臉上打去，並且大罵道：「混賬！」

沒等那個男人的手掌落下，唐一明一腳踹向他的胸膛，將那個男人踹倒在地上，並且喊道：「黃二！劉三！快按住他！」

黃二、劉三急忙將男人按倒在地上，牢牢地控制住那個男人。

「渾蛋！大膽！你們可知道我是誰？竟然敢如此無禮？老子

是橫江將軍，你們都他娘的吃了豹子膽嗎？快放開我！」男人大吼道。

唐一明又扭臉對那個女人說道：「不想死，就給我滾出去！」

女人撒腿便跑出了大帳。

「你很爽啊。」唐一明邊說著話，邊走到武器架旁，從上面取下一把長劍，抽了出來，然後走到那個男人身邊。

那個人見唐一明手中拿著長劍，激動地喊道：「你，你要幹什麼？」

唐一明嘿嘿笑道：「幹什麼？你說我幹什麼？」話音一落，便將長劍架在那個人的脖子上，道：「你把百姓堵在外面，自己卻在裏面玩女人，那麼多百姓要渡河，你還收錢？有你這樣的狗官，簡直丟我們漢人的臉！」

那個人嚇得臉色鐵青，急忙道：「壯士，好漢，求你放了我，我這就下令放百姓過河，不再堵截百姓，也不再收錢了！」

唐一明「哼」了聲，問道：「我問你，這渡口一共有多少船隻？守衛這裏的士兵又有多少人？」

那個人答道：「大小船隻一共有八百多隻，守衛在這裏的士兵有一千人。」

唐一明「嗯」了聲，將手中的長劍劃過那個人的脖子，他的喉嚨立刻被割斷，鮮血不斷地向外冒出，不一會兒便一命嗚呼了。

黃二、劉三鬆開那個人的屍體，對唐一明說道：「將軍，這狗官死有餘辜，我們現在就安排百姓過河吧。」

唐一明點點頭，用劍斬下那個人的腦袋，抓著那個人的頭出了大帳，環視四周，將手中的人頭舉得高高的，大聲叫道：「你們的將軍已經被我殺了，不想死的都給我閃開！」

那個領兵的都尉面色蠟黃，留著一撇小鬍子，見唐一明的手中高舉著將軍的人頭，便知道發生了什麼事。

小鬍子都尉本來就對他們的將軍心存不滿，此時將軍被殺，正好解了心中的惡氣。又見唐一明穿著乞活軍的衣服，周圍更有三百多名士兵，他知道乞活軍的戰鬥力，不敢招惹，心想，跟著誰不是跟，只要有飯吃就可以了，於是，他將手中的長戟插在地上，然後半跪在地上，大聲叫道：「參見將軍！」

其他的士兵見了，也都紛紛跪地，高聲叫道：「參見將軍！」

唐一明道：「你們都是漢家的好男兒，如今燕狗南下，百姓疾苦，紛紛南逃，如果不趕快渡過黃河，只怕燕狗來了，又是一場大屠殺！身為漢家兒，理應為我們漢人出點薄力。」

那個黃臉的都尉也算識時務，當即道：「我等願意以將軍馬首是瞻，一切聽候將軍調遣。」

唐一明滿意地點點頭，將手中的人頭遠遠地拋到一邊，扶起那個黃臉的都尉，說道：「從此以後，你們就是我的部下了，我們有難同當，有福同享。你叫什麼名字？」

黃臉的都尉答道：「小人姓趙，單名一個全字。」

唐一明吩咐道：「嗯，趙都尉，麻煩你帶領人馬，負責船隻的調度，準備渡河的事！」

唐一明又吩咐黃大將所有百姓集結起來，劃分渡河的批次。之後，他帶著黃二、劉三等人搜索渡口的軍營，從中找出不少糧食，一併裝船。

幾個小時後，接近五萬的人被擺渡到對岸，唐一明下令士兵撤

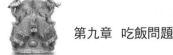

退，將糧食、馬匹、兵器等全部運送到對岸。他則留下來，準備把慕容靈秀交給那隊燕軍士兵。

唐一明和慕容靈秀騎在火風的背上，向渡口上的堤岸奔去，到了樹林邊，一個燕軍的騎兵都尉帶著幾個騎兵便從樹林裏衝了出來。

唐一明沒有下馬，將匕首架在慕容靈秀的脖子上，對燕軍說道：「你們都給我退到兩里以外，我才將你們的郡主放了。」

騎兵都尉說道：「現在就放了郡主吧，我們不會為難你的。這一路上我們不都是聽你的嗎？」

唐一明厲聲道：「少廢話，別以為我不知道，現在林子裏不知道有多少弓箭手在瞄準著我呢，只待我放了郡主，你們就要將我射成刺蝟吧？都給我退後，不然的話，休想讓我放了你們的郡主！」

騎兵都尉為了郡主的安全，只好下令全軍後撤。

唐一明見騎兵後撤兩里後，伸出手在慕容靈秀的臉蛋上摸了一下，笑道：「小郡主，以後咱們再見面可就難了，你要是捨不得我，乾脆現在就別回去了，給我當老婆算了。」

慕容靈秀的嘴巴被堵著，口中發出了「唔唔」的聲音，眼睛瞪得大大的，充滿了對唐一明的恨意。

唐一明也不去理會，下了馬，使勁朝馬屁股上一拍，火風便發出一聲長嘶飛奔出去。他急忙向渡口跑去，到了渡口，船隻早已經準備妥當，趙全、劉三、黃大等人正在船上等著他。唐一明急忙跳上了船，士兵一用力，船便擺渡到黃河中。

船隻剛離開岸邊，從大堤上便飛奔而下一支大軍，領頭的人正是慕容霸，他帶著騎兵到了岸邊，望著離去的唐一明，只能發出一聲嘆息。

唐一明看到這一幕，突然想起了草船借箭的故事，便大聲喊道：「慕容將軍，謝謝你一路護送了！」

黃大等人聽了，也異口同聲地喊道：「多謝慕容將軍一路護送！」

慕容霸聽到這話，惱羞成怒，舉著手中的方天畫戟，氣呼呼地道：「漢奴賊將！你休要得意，他日若是再遇到你，我定將你碎屍萬段！」

而後放火燒了渡口，也算發洩了他心中的怒火。

唐一明望著風陵渡的大堤，一團紅色立在那裏，那是火風，牠的背上馱著慕容靈秀，他朝慕容靈秀揮了揮手，大聲喊道：「小郡主！再見了！要是想我了，記得來中原找我啊！哈哈哈！」

船隻越行越遠，漸漸地駛入黃河的中心。

唐一明此時心中無比的開心，他終於離開了那片土地，遠離有燕狗侵擾的生活。

看著滔滔的河水，他不禁想起一首詞，於是唸道：「滾滾長江東逝水，浪花淘盡英雄，是非成敗轉頭空。青山依舊在，幾度夕陽紅。白髮漁樵江渚上，慣看秋月春風，一壺濁酒喜相逢，古今多少事，都付笑談中。」

「將軍，這裏不是長江，是黃河，你說錯了！」黃大不禁直言指正道。

唐一明哈哈笑道：「那好，我改改！不用長江了，我教你們唱歌好不好？」

「唱歌？」黃大、劉三、趙全等人迷茫地問道。

唐一明點點頭，道：「嗯，唱歌，我教你們唱好漢歌。Music！」

「莫死克？將軍，你在說什麼啊？」黃大撓著頭問。

唐一明此時的心情，除了他自己之外，誰也無法體會，那種像逃脫魔爪一樣的心情，總之很喜悅。他也不管黃大他們聽懂聽不懂他說的話，便清了清嗓子，大聲地唱道：

「大河向東流哇，天上的星星參北斗啊……」

黃大等人聽唐一明唱著歌，立馬感到一種共鳴，當唐一明唱到「路見不平一聲吼哇，該出手時就出手哇，風風火火闖九州哇」的時候，他們心中埋藏著的那骨熱血，一下子被喚醒了起來。

「好！」黃大等人同時叫了出來。

唐一明自顧自地唱完歌，問道：「好聽嗎？」

劉三讚道：「將軍，這首歌跟我們唱的怎麼不一樣啊？不過，比我們唱得好聽多了。」

唐一明高興地說：「好聽就行，管他是什麼樣的歌曲呢。來，我教大家唱，我唱一句，你們跟著我學一句！」

黃大等人都點點頭，唐一明便開口大聲地唱道：「大河向東流哇……」

唐一明教一句，黃大等人便唱一句，河中央響起一支動聽的歌謠，順著向東滾滾的河水，他們的歌聲也順著河水一起向東漂流了過去。

唐一明現在無比高興，他再也不用擔心會有追兵，又該如何堵截追兵了，他只希望儘快地渡過黃河，到達岸邊，然後就能到中原。

中原，對唐一明來說，一直是個嚮往。唐一明沉浸在這份喜悅中，但是他沒有忘記，也絲毫不敢忽略，渡過黃河，只是他邁出的第一步。

亂世，卻仍然在繼續。

夕陽西下。

黃昏的河面上行駛著幾十條船，每條船上都裝載著糧食、馬

四、兵器，還有一百多人。

唐一明和那些士兵還在高興地唱著歌，卻隱約看到河對岸黑壓壓一片百姓，那些百姓開始四處逃竄，不停地叫嚷著。岸邊的大堤上排列了一支長長的隊伍，那些都是騎兵，他們騎在馬背上，正在用手中的弓箭不停地向岸邊放著箭矢，殘殺了不少百姓和士兵。

唐一明看到這一幕，十分詫異，他本以為到了黃河南岸就能躲避戰亂，可是他錯了。

他眉頭緊皺，立刻站起身子，立在船頭，指著岸上的那些騎兵叫道：「這是怎麼回事？為什麼會這樣？」

趙全急忙來到船首，向前眺望了一下，對唐一明道：「將軍，那是鮮卑的胡虜！」

「什麼？」

唐一明不敢相信自己的耳朵，他看到的的確是一支披著戰甲的騎兵，可是這支騎兵隊伍與黃河北岸的燕軍不同，他們身上的戰甲沒有統一的顏色，就連衣服也是各式各樣，和他見到的燕軍騎兵沒有辦法比。

「這裏怎麼會出現胡虜？他們不是應該在黃河以北嗎？」唐一明問道。

趙全指著那些騎兵，向唐一明解釋道：「將軍，這的確是鮮卑胡虜，只是他們不是燕國的軍隊，而是段龕的軍隊。」

唐一明對這個時期的歷史記憶十分模糊，不禁問道：「段龕是誰？」

胡燕回道：「將軍，鮮卑人部族混雜，光在遼東就有三大部族，分別為慕容氏、宇文氏和段氏三部。三部鮮卑經過多年戰爭，最後由慕容氏統一遼東，滅了宇文部，段氏一部則被趕出遼東，來到冀州，歸降了前朝。段龕是段蘭的兒子，幾年前趁著陛下剿滅趙國石氏的時候，帶領部下跑到了南方，真沒想到他們居然會出現在這裏。」

唐一明聽了，恨恨說道：「他娘的，怎麼到處都是臭胡虜，難道天下就沒有一處太平的地方嗎？快點到岸邊，咱們必須擊退他們。」

黃河南岸。

黃二領著部隊正在大堤下與段氏的騎兵作戰，這些騎兵只是些許散兵游勇，在戰鬥力上不如燕軍那麼強悍，被黃二領著以乞活軍為主的部隊一衝便散了。

黃二領著人便朝大堤上衝了過去，那排段氏的騎兵見先頭部隊失利，便急忙撤退，根本不與黃二交戰。

段氏騎兵退卻，百姓稍微安定下來，見唐一明這撥人渡過黃河，便又重新聚集了過來。只是段氏騎兵這次突擊，令百姓死傷了不少人。

船到岸邊，唐一明迅速地跑上岸，看到岸上屍橫遍野，百姓都痛哭流涕，他的心情一下子變得沉重起來。

「我本以為渡過了黃河就能得到一片安寧，真沒有想到，黃河以南也都是胡虜。賊老天！這天下到底還有沒有一片淨土啊！」唐一明抑制不住心中的情感，伸出手指大罵道。

黃二留下一些士兵把守大堤，看到唐一明上了岸，便急忙走下大堤，跑到唐一明的身邊。

唐一明見黃二來了，立刻問道：「小黃！我讓你一渡河便派人偵查，你他娘的到底按照我的吩咐做了沒有？」

黃二撲通一聲跪在地上，將手中的長戟高高地托起來，然後低著頭，請罪道：「將軍，此事是我的失職，請你處斬我吧！」

唐一明見黃二連辯解都沒有辯解，心中怒火中燒，當即接過黃二手中的長戟，大聲說道：「你他娘就想這樣一死了之嗎？好！我成全你！」

唐一明舉起長戟，準備刺向黃二。

「將軍！刀下留人！」

一個聲音從唐一明背後傳了過來，唐一明回頭看到李老四一瘸一拐地從遠處走了過來。

李老四的臉上顯得很慌張，從人群裏擠了出來，立即跪在地上，告饒道：「將軍，這事跟黃二沒有關係，要殺就殺我吧！」

「李老四，你他娘的瞎湊什麼熱鬧？滾一邊去！」黃二猛然抬起頭，衝跪在身邊的李老四喊道。

李老四沒有理會黃二，緩緩說道：「將軍，這都是我一個人的錯。黃二是按照你的吩咐做的，只是，做斥候的是我，那些胡虜來的時候，我腿腳不俐落，跑得不夠快，以至於耽誤了軍情，造成現在的惡果。千錯萬錯都是我一個人的錯，與黃二無關。」

唐一明聽了，問道：「小黃，李老四說的可是實情？」

「將軍，此事和李老四沒有關係，是我一時疏忽，忘記派出斥候了，還請將軍處罰！」黃二大聲地叫道。

唐一明放下手中的長戟，見他們兩個都把責任往自己身上攬，突然感到一股戰友間的情誼。事情既然已經發生了，就算是殺了他們兩個也無濟於事，便厲聲道：

「黃二、李老四，你們兩個都有錯！你們兩個造成這樣的惡果，想一死了之，那是極為不負責任的表現！我今天不殺你們，把你們的命暫且存在這裏，我要你們兩個日後將功折罪，多殺幾個胡虜，替死去的百姓和兄弟報仇！」

唐一明目光中透著幾許關懷，但是臉上卻仍舊一臉怒容，他的周圍聚集了很多百姓，聽到唐一明的話後，都默默地點頭，表示贊同。

唐一明接著說道：「鄉親們，你們既然選擇跟著我，我就一定要保護好你們，我絕對不會讓任何人再傷害你們。今天死去多少人，我們明天就要殺那些胡虜雙倍，給死去的人報仇！」

唐一明的話音一落，立刻在百姓裏引起了回響，許多百姓紛紛喊出「殺胡虜，報仇雪恨」的口號。

唐一明看見群情高漲，會心地笑了。

經過這次突發事件，那些百姓對唐一明更加信任了。他命令人收拾戰場，將死去的兩千多人的屍體都給埋了。

與此同時，唐一明也深深地感受到一股壓力。首先便是這麼多人的吃飯問題，他一想到這兒，便下令士兵去抓魚、打獵，混合著糧食開始做飯，準備在岸邊度過一夜。

唐一明看著這將近五萬人的大部隊，他在想，他該用什麼辦法去養活他們？打獵、捕魚、吃野菜、啃樹皮，這些都不是長久的辦法，他必須想個長久的辦法才行。

唐一明派出胡燕和十餘名士兵擔當偵察兵，他現在如果不清楚這裏的地理環境，就如同瞎子一樣。他特地囑咐胡燕，務必要徹底地將段龕查清楚。

入夜後，唐一明來到傷兵聚集的營地，看到幾十個奄奄一息的士兵，那些從廉台戰場上一路跟隨著他渡過黃河的士兵，在這樣的環境下，硬是堅持到了這裏。只是今夜過後，他們是否還能堅持過去，便是個未知數了。

沒有消毒水，沒有消炎藥，更沒有護理的工具，這些天，傷兵所用的繃帶都是反覆洗了好幾次的繃帶，唐一明希望他們撐下去。

李老四的傷恢復得還算夠快，腿上的傷口開始癒合了，只要再養一段時間，腿傷就會好，他也不用一瘸一拐地走路了。

看過傷兵之後，唐一明又去巡視了一下百姓。老人抱著孩子，婦女抱著嬰兒，他們彼此相依，臉上顯出了對戰亂的麻木。

偌大的河堤上，周圍的暗處隱藏了許多士兵，那是唐一明特地安插的暗哨，一旦發現什麼情況，便可以立刻通報。

伴隨著滔滔的黃河水，一絲淡淡的風以及天空中的殘月，唐一明和部隊一夜無事，平安度過。

一大早，唐一明便等著胡燕等人的歸來。

沒多久，胡燕等人陸續回來，並將此地的消息告訴唐一明。

他們所在的地方是濟水以北，東漢時，這一帶是濟北國，屬於兗州。後趙石虎統治時，濟北這裏發生了多次屠殺，加上百姓對石虎的恐懼感，迫使他們向南遷徙，所以這一帶早已經荒涼了。

昨天所遇到的那撥段氏的鮮卑騎兵，只是一個小部隊，他們剛好來到黃河邊，看到大批難民，便開始搶劫，殺戮。被黃二帶領的人堵截回去後，便迅速地撤退了，他們是一支不正規的軍隊，或者只能用強盜兩個字來形容。

段龕是鮮卑段部的首領，手下有十幾萬的鮮卑勇士，佔據著黃河以南的青州，成為這一地區的實際統治者。段龕向南方的晉朝稱臣，被晉朝封為鎮北將軍、齊公，後來自立為齊王，擴建廣固城，駐守在青州的大地上。

唐一明大致清楚了，他知道，只要向南渡過濟水，便是濟南，之後向西南走一點，便可到泰山。

唐一明和李國柱、王凱相約會合在泰山，為了規避段龕的鮮卑騎兵，只能先行躲進泰山，至少泰山的險要，可以幫助他免受鮮卑騎兵的攻擊。

唐一明準備一路上靠著打獵、啃樹皮、吃野菜來充饑，在百姓和士兵飽飽地吃完一頓後，開始了他們的遷徙。

一路上，他們像進入無人區一樣，到處可以見到露在野外的白骨。在沒有任何人騷擾的情況下，很快便到達濟水。唐一明早做了安排，用馬車從黃河邊拉來許多小船。濟水沒有黃河寬，也沒有黃河的水流急，在沒有任何騷擾的情況下，很容易便能渡過。

渡過濟水之後，他們便進入了濟南地界。

唐一明沒有盲目地行走，而是先派出偵察兵，在得到情報後再開始行動。

大部隊還在濟水邊歇息，他們餓了就開始在河邊捕魚，抓貝殼，有的則挖螃蟹，這些河中的生物，只要能吃的，他們都吃。

大概過了一個多小時，一個暗哨的士兵突然傳來消息，一支胡人軍隊正向這邊趕來。

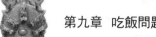

唐一明留下一部分人保護百姓，自己則帶了五百士兵遠遠地出迎。

那支騎兵部隊，身上都穿著各式各樣的衣服，口中兀自叫著讓人聽不懂的話語，頭上剔著奇怪的髮型，正以極快的速度向濟水邊駛來。

唐一明遠遠地看著那些騎兵，見他們和昨天在黃河邊屠殺百姓的人沒有什麼區別，心中便來了怒火。唐一明帶著身後的五百名士兵，來到樹林邊緣，吸引那夥騎兵的進攻。

那幾百個鮮卑的騎兵很快便衝了過來，他們手中握著長弓，身上繫著箭囊，還沒有靠近，便射出了手中的弓箭，同時嘰裏咕嚕地叫喊著。

唐一明和士兵守衛嚴密，沒有一個人受傷。

他見那些騎兵只射了一小會兒，便向兩邊分開，便讓黃大帶著一百人去左邊迎擊，讓黃二帶著一百人到右邊迎擊，自己帶著三百人正面衝出樹林。

他沒有看到那些騎兵有什麼頭領，更沒有看出來這些騎兵有什麼戰法，只是一見他帶著人衝出來，便策馬後退，他們沒有和唐一明等人交戰，不一會兒便紛紛撤走了。

黃大疑惑地問道：「將軍，他們這是什麼意思？既然來了又不打，隨便放幾通箭就跑了，可真他奶奶的憋屈。」

唐一明猜測道：「這些胡虜應該沒有那麼簡單，很可能是來試探虛實的，咱們留在樹林裏好好地守著。黃大，你帶幾十個人去把那些弓箭拿來，這回能派上用場了。」

在黃大的叫喊中，幾十個士兵跟在黃大身後，朝著濟水岸邊去，然後抱來許多弓箭，分給擅射箭的士兵。

剛分完箭，樹林外面荒蕪的田地上，便出現了大批的騎兵。那些騎兵與之前見到的騎兵不同，他們都穿著古銅色的戰甲，組成了一個戰陣，足足有三千人。在那支騎兵隊伍中間，一面大旗迎風飄揚，上面繡著一個扭曲的字體。

「奶奶個熊！剛才那些胡虜還真是來試探的！老子正愁沒有立功的機會，這次多殺些胡虜，不把你們給殺死了，怎麼對得起死去的那些百姓和兄弟！」黃二朝地上吐了一口口水，恨恨地說道。

唐一明看了一下那面大旗，上面寫著他看不懂的扭曲字體，便問道：「有誰認識字？」

一個士兵當下叫道：「將軍，我認識！」

唐一明急忙問道：「給我看看那面旗幟上寫的是什麼字？」

「是段，將軍！」那個士兵瞅了一眼，急忙告訴唐一明。

第十章

世外桃源

他看看周圍幽靜的環境，道：
「這座桃園明顯是有人種植的，
也就是說，有人隱居在這泰山中。
如此亂世，田園般的生活倒不失為一種逃避亂世的方法，
大家都分頭找找，看看附近有沒有什麼房屋和人。」

「果然不出我所料，剛才那些騎兵只是試探性地攻擊，真正的攻擊現在才剛剛開始！全軍注意，加強戒備。」唐一明喊道。

「來吧，老子的手正癢著呢，大戟也該喝血了，哈哈哈！」黃大摸了一下手中的長戟，輕蔑地說道。

「這支騎兵看起來要比那些強盜正規些，大家千萬不可大意。」唐一明提醒道。

唐一明眉頭緊皺，他從未與段龕的騎兵交戰過，但是見到如此統一的戰甲和戰陣，覺得這撥人絕非泛泛之輩，不然段龕又何以佔領青州那麼長時間呢。

胡燕嘿嘿一笑，緊緊地握著手中的長戟，說道：「將軍，你儘管放心，我們連燕狗都能打敗，更別說是段龕的軍隊了。兄弟們，都打起精神來，讓這些臭胡虜有來無回！」

「對！剿滅這些胡虜，掃平鮮卑段氏。哈哈哈！」黃二十分興奮，在他的眼裏，彷彿這些胡虜如同螞蟻一樣。

唐一明與黃大、黃二帶著兩百乞活軍士兵在前，三百巨鹿軍隊在後，前面是拿著盾牌和長戟的士兵，後面則是拉滿弓箭的士兵。

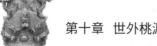

一路行來，唐一明讓乞活軍的士兵對一半的巨鹿士兵進行指導，組成了一支能夠保護百姓的衝鋒隊伍。

唐一明讓一個士兵去告訴劉三、趙全，讓他們務必加強堤岸邊的防範，以保護百姓的安全為主。之後，便讓黃大、黃二的兩百乞活軍和自己一起到樹林邊，三百弓箭手則還隱藏在樹林中。

段氏鮮卑的騎兵緩緩而來，他們邁著統一的步子，手中都握著大弓，個個兇神惡煞的，似乎等不及將唐一明等人生吃活扒了。「段」字大旗的下面，一個穿著銀甲的人正在注目前方的樹林。那人臉上蠟黃，雙眼瞇成一條縫，讓人看不清他的眼神，看似年紀才十七八歲。

「少主，這夥人是我的部下在黃河岸邊發現的，當時他們因為人數少，被這夥人給堵了回來。那些難民隊伍中有不少老人、孩子和女人，少主就不要殺他們了，把他們擄過來後，送給大王吧，大王得到這些人口，一定會誇讚少主的。」一個身上披著一層薄甲的人，策馬來到黃臉漢子的旁邊說道。

那個被稱做少主的黃臉漢子，叫段離，是段龕的第二個兒子，在濟南郡設立了府城，負責駐守濟水一帶。

段離手下擁有兩萬控弦的勇士，其中多數是散兵游勇，真正的正規部隊也不過才五千人，他四處搶掠，縱容手下，招募流寇強盜，禍亂濟水一帶已經一兩年了。他專門鼓動那些如同盜匪的士兵，不時在黃河岸邊來回巡視，搶掠和攻殺那些從黃河北岸南逃的難民。

段離嘴角露出淡淡的笑容，發出一聲十分古怪的笑聲，笑聲尖利刺耳，讓人聽了有種發怵的感覺。

笑聲過後，道：「父王？哼，我搶來的東西，憑什麼要給他？他只鍾愛他的小兒子，對我視而不見，把我放逐到這個鬼地方，我還理會他做什麼？」

段離身後那個人說道：「少主，話可不能這樣講，大王畢竟是大王，少主要是討好了大王，贏得大王的歡心，世子的頭銜不就落到少主的身上了嗎？現在的忍辱負重，能換取以後的王位，又何嘗不可呢？」

「哈哈哈，金先生，你說的對，看來我當初沒有殺你，還是留對人了。人都說你們晉人多智，看來此話一點不假。金先生，你不讓我殺這些百姓，我都聽你的，只要你能為我出謀劃策，讓我榮登世子之位，你要什麼，我就給你什麼。」段離聽了，滿意地說。

那個被稱做金先生的人，三十多歲，面白如玉，容貌清秀，穿著一件淡藍色的長袍，一件薄薄的戰甲披在身上，頭上豎著髮髻，髮髻上還纏著一條綸巾，看上去文不文武不武的，有點不倫不類。

「少主，我什麼也不要，我這麼做，是在為少主積攢福氣。大公子殘暴，弄得青州東部民不聊生，依我看，大王是不會選擇大公子做為世子的。三公子還小，亦不足以擔當大任，世子的頭銜自然會落在少主的身上。這些百姓都是為了逃難，如果少主不殺他們，將他們全部帶到廣固城好好加以治理的話，肯定會獲得大王的讚許。」金先生緩緩說道。

段離聽了，點點頭道：「金先生，我得到你，是我最大的福氣。等我消滅了這些軍隊，我保證按照先生的意思，不擅殺一個百姓。」

「少主英明！」金先生拱手說道。

「呵呵，命令全軍開始進攻！」段離將手舉起，對身後一個士兵下令。

士兵聽到段離的話，便從腰裏拿出一個號角，吹響了進攻的號令。騎兵們聽到進攻的號角被吹響，三千大軍便一點一點地向前推進。

唐一明等人早已嚴陣以待，他看到這支騎兵與燕軍的騎兵不同，每個人手中只握著弓箭，沒有近身搏戰的武器，似乎說明他們並不準備做猛烈的衝撞。

唐一明見那些騎兵前進到一定的位置，突然停下，然後紛紛拉滿了弓，射出了第一波箭矢。

「嗖！嗖！」

數千聲弓弦的響聲傳入唐一明的耳朵中，漫天飛來的箭矢以十分快的速度向他們飛了過來。

對這些箭矢，乞活軍們早已習以為常，用盾牌架成一堵防護牆，將段軍騎兵的箭矢擋在防護牆外。

「這些臭胡虜，不來送死，放他娘的什麼箭啊！」唐一明罵罵咧咧地道。

第一波箭矢過後，對面傳來雜亂的馬蹄聲。

「胡虜開始進攻了，大家注意了！」唐一明聽到馬蹄落地的聲音，大聲地警告著。

士兵們舉起盾牌，防守成一條線，屏住呼吸，等待著衝擊而來的段軍騎兵。

那些騎兵快速地衝了過來，手中都扣著長弓，在即將撞向那堵防護牆時，騎兵突然分開，轉向兩側。

「不好！敵人想從側面進攻，快點圍成一個弧形，千萬不能被敵人從後面射到了。」唐一明看到這一幕後，急忙叫了出來。

乞活軍便迅速圍成一個弧形，用盾牌擋住騎兵放出的弓箭。

「放箭！」

唐一明見騎兵接近樹林，立即向身後的樹林喊道。樹林中射出箭矢，將從兩側衝來的騎兵給射死不少。

「大黃、小黃，各帶五十人去收拾這些胡虜的側翼！」唐一明高聲道。

黃大帶著五十人持著盾牌衝到左邊，黃二帶著五十人衝到右邊，將兩側的騎兵給衝斷，唐一明則領著一百士兵正面衝了過去。

一時間，騎兵和乞活軍混戰在一起。只是騎兵都不敢近身交戰，而是策馬而走，邊走邊回身朝身後放著箭矢。乞活軍握著的盾牌無法追上那些靈活的騎兵，很快便又分成了兩邊。

「這些臭胡虜，亂跑什麼？有膽子的別跑，跟老子一對一地較量，看老子不砍死你們！」胡燕見到這些騎兵根本不與他們近戰，心中惱火，大聲喊了出來。

「啊……」

亂箭之下，有十幾個乞活軍的士兵沒有防備，被段軍騎兵的弓箭給射傷了，那些騎兵由於跑得太快，陣亡的人數也不過才一百多人。

「哼！這叫老子怎麼打？追都追不上！」胡燕忿忿地叫道。

「別著急，沉住氣，都先退回到樹林裏去！」唐一明指揮道。

「將軍，這種打法，我是第一次見到。我和燕狗打了這幾年的仗，都是直接衝上去血戰，可這撥胡虜卻讓我打不到他們，我們一進攻他們就跑，這他娘的怎麼打啊？」黃大惱火地說。

唐一明皺著眉頭，說道：「他們這是要和我們打游擊戰。」

「游擊戰？不懂！」黃大搖了搖頭，一臉的懵懂。

唐一明解釋道：「就是運動戰，這些胡虜借助馬匹的靈活力，我們退的時候他們進攻，我們進攻了他們就跑，在跑的時候還能用箭矢傷到我們，這種游擊戰術，必須想個辦法對付。」

黃二急忙問道：「將軍，他們動作太快了，我們剛出手，他們就跑，邊退邊打，我們在地上跑根本追不上。」

「哼！這夥臭胡虜怎麼那麼先進，竟然知道用游擊戰！老子就不信邪，我腦袋裏裝著超越千年的知識，會想不到辦法對付他們！」唐一明大咧咧地罵道。

他的話一脫口，立即引來了不少人的奇怪眼光，那句「超越千年的知識」，讓眾人對唐一明感到一絲神秘。

「將軍，你以為你是千年老妖啊？」黃大半開玩笑地說道。

唐一明知道剛才他失言了，哈哈大笑掩飾道：「老子就是個千年老妖，今天要將妖術拿出來對付這些臭胡虜，讓他們跑都跑不掉。」

黃二問：「將軍，你有辦法了？」

唐一明嘿嘿笑道：「有一個笨辦法。」

「什麼辦法？」其他人聽到了同時問道。

唐一明的眉頭依然緊緊地鎖著，望著對面的騎兵，緩緩說道：「他們騎著馬能跑，我們就不能騎著馬追他們嗎？」

「將軍，你的意思是讓我們上馬打仗？」黃大問。

唐一明點頭道：「這裏的地形對我們不是很有利，與其守在這裏被他們蠶食，不如衝出去，我們騎在馬上與他們作戰。這些胡虜都沒有近身的武器，我們只要緊緊地咬住他們，在他們中間橫衝直撞，便可以將他們衝散，這樣一來，樹林裏的弓箭手也可以發揮出作用，給他們致命的打擊。」

聽了唐一明的話，黃大、黃二等人也沒有別的辦法，與其在這裏坐以待斃，倒不如直接衝出去的好。於是，他們迅速回到樹林裏，讓人從大堤下面牽來一百多匹戰馬，全部上馬，將手中的盾牌橫放在胸前，然後繞過樹林，重新集結在段軍騎兵的面前。

「兄弟們！千萬要記住，在追趕他們的同時，一定要繞著樹林跑。」唐一明提醒道。

段軍的騎兵見到唐一明等人騎在馬背上，不約而同地笑了出來，嘲諷道：「哈哈哈！這些漢奴也想學我們在馬上打仗，也不撒泡尿照照，我們從小就在馬上生活，他們能打得過我們嗎？哈哈！」

鮮卑騎兵們笑完後，開始發動進攻。這次，他們直接衝了過來，將手中的長弓拉得滿滿的，隨著馬匹的起伏，他們的身體也跟著上下起伏，幾千匹戰馬飛馳間，就如同波浪一般，此起彼伏。

「衝！」唐一明見段軍騎兵跑到一半，便大喊道，然後與身後一百八十多人一起策馬衝了過去。

乞活軍的胸前橫放著盾牌，低頭時，剛好能擋住段軍騎兵的箭矢，此刻見對方射出如蝗的箭矢，乞活軍士兵紛紛低頭躲在盾牌後面，快速地衝了上去。

段軍騎兵放完第一波箭矢，便向兩邊分開，乞活軍則分成三部，一部往前直衝，另兩部分別緊跟著段軍騎兵的兩翼。

黃大騎在馬上，領著身後的兄弟緊追著段軍騎兵，大喊道：

「殺他娘的，老子看你還怎麼跑！」

瞬間工夫，乞活軍便完全衝進段軍騎兵的陣裏，短兵相接，段軍騎兵紛紛被乞活軍手中的長戟刺落下馬。

被乞活軍橫衝直撞的段軍騎兵無法聚集，慌不擇路下，不少人跑到樹林邊，剛一接近樹林，成百上千的箭矢便從林裏射了出來，殺死不少靠近的段軍騎兵。

戰場上，所有的士兵都沒有了隊形，雜亂相交的馬匹，地上躺著的屍體，將樹林前的空地染成了血色。

「段」字大旗下，段離本來興奮的臉上霎時間變了模樣，他沒有想到自己的三千弓騎兵，竟然被幾百個士兵給攪亂了。

「金先生，這支部隊的作戰能力竟然如此強悍，他們到底是一支什麼部隊？」段離緊盯著戰場，對身邊的金先生問道。

金先生看唐一明以少勝多，能以幾百人擊敗幾千人，讓他也很是欣賞；但是，他卻不能讓段離看出來，他跟著段離，只不過是一時的權宜之計。

他對段離說道：「少主，我聽說在黃河以北，唯一有如此作戰實力的部隊就是魏國的乞活軍，看來這支部隊應該就是乞活軍。」

「乞活軍？他們不是都隨著冉閔被燕軍給滅了嗎？怎麼還會存在？」段離不解地問。

金先生道：「少主，凡事不能不信，也不能全信。有這支部隊在，恐怕我們很難突破他們；與其這樣，倒不如調回軍隊，放他們過去。我看他們也只是些難民，只是經過這裏，想去南方的晉朝罷了。少主，其他軍隊都被派出去了，咱們就這麼多人，萬一把他們逼急了，恐怕我們會有更大的傷亡。」

段離聽了金先生的話，微微地點點頭，忙對身後的士兵說道：「傳令下去，全軍撤退！」

一個騎兵吹響號角，所有段軍騎兵便開始向後撤退。

唐一明看著迅速撤走的段軍騎兵，自言自語地說道：「娘的，這些騎兵來去如風，看來我也要訓練一下騎兵才行。」

整理過戰場後，唐一明部隊以傷亡八十多乞活軍為代價，殺死一千多的段軍騎兵，贏得了這場戰鬥。他們拾起地上的長弓，牽回留下來的戰馬，收穫頗豐。

但是，唐一明的心中卻高興不起來。唐一明從戰場上帶回五百多乞活軍，可是一路上傷病而死的就有幾十個，加上戰鬥中消亡的，現在乞活軍剩下三百多人，能打仗的只有一百多人，其餘都受了重傷，不能參戰。

唐一明看到不斷減少的乞活軍士兵，心裏充滿了悲傷，雖然他所領導的人數在增加，但他覺得自己的戰鬥實力受到削弱。

胡燕等人回來後，將資訊稟報給唐一明，唐一明知道大致情況後，便決定帶著大家到泰山去，在那裏躲避騎兵的騷擾。

唐一明讓士兵護衛著老百姓，並派出哨探，一路不敢停留，沿途經過的村莊都是廢棄的，田地上到處可見被黃土隱約埋著的屍骨，彷如人間煉獄。

經過長途的行軍，在唐一明的帶領下，一行人迅速進入了泰山。

泰山。

鬱鬱蔥蔥的泰山腳下，透著無比的荒涼。

唐一明曾經不止一次去過泰山，被評為「五嶽之首」的泰山給他留下了很深的印象。只是那種印象是他在現代旅遊的時候留下的，當他來到一千多年前的泰山腳下時，感覺和在現代時的感覺完全是兩碼事。

天色漸漸地暗淡下來，饑餓和疲勞使得百姓們無法再行走，糧食已經沒有剩多少了，無論怎樣都不夠將近五萬人吃，為了抵擋饑餓，唐一明下令所有人在附近找點吃的，先填飽肚子再說。

泰山腳下，升起一堆堆的篝火，疲憊的人們躺在火堆邊睡著了。篝火周邊的樹林邊，還有不少在站崗的士兵。

唐一明躺在草地上，雙眼望著天空中的點點繁星，覺得此刻無比的疲累。

「這時候，燕狗已經南下包圍鄴城了吧？也不知道王凱和李國柱怎麼樣了，是否在燕狗到來前便已經撤離了？」

唐一明腦海中記掛著這些事，怎麼也睡不著，他坐起身來，看看周圍的人群，心中想道：這只是邁出第一步而已，如何在泰山養活這麼多人，確實是個大問題。非常時期，非常手段，看來我得學學先輩們，那麼辛苦都走過來了，這點困難算什麼？

想到這裏，唐一明更加堅定自己的心。他必須在這裏堅守到王凱和李國柱的到來，然後帶他們在這裏長久駐防下去。

他也曾想過要去投靠晉朝，可是一路走來，他想了很多，晉朝的那些士族、王公大臣，又有幾個能看得起出身微末的百姓呢？加上他對歷史的瞭解，晉朝就是個偏安的朝廷，若想指望晉朝來解救天下黎民於戰火之中，那簡直比登天還難。

唐一明細細地盤算著自己的打算，想著怎麼迎接新的一天，不知不覺就睡著了。

第二天一早，唐一明開始著手自己的計畫。所謂靠山吃山，靠水吃水。在他心裏，泰山就如同一座寶藏一樣，昨天晚上他沒能看清楚泰山的全貌，今天準備帶著一部分人上山，去看看這座古老的大山。

唐一明帶著黃二和十個士兵上山，其他的人則全部留在山腳下，百姓負責砍樹伐木，營造房屋，士兵則去附近打獵、挖野菜。

唐一明和黃二等人一路攀爬，走了大半天，才攀爬到半山腰。又連續走了一個多小時，一行人好不容易總算登上巍峨的泰山，站在泰山的最頂峰上。唐一明等人都大口大口地喘著氣，坐在岩石上休息。

「將軍，登山可真他娘的累，我平時在平地上跑也很少累成這個樣子。」黃二伸出手用袖子擦著臉上的汗水，上氣不接下氣地說道。

唐一明也氣喘吁吁地道：「這裏可是東嶽，泰山十八盤你沒有聽說過嗎？」

黃二搖搖頭。

唐一明笑道：「泰山十八盤是泰山登山之路中最險要的一段……」

說到這裏，他突然停住，不再繼續說下去了，因為他突然想到，自己一路攀登上來的道路，都是石塊沙礫，根本沒有任何石階，想起泰山十八盤似乎是明朝才修建的，現在離明朝還相隔一千多年呢。

黃二和其他士兵聽了，都眨巴著眼睛，直直地望著唐一明，準備聽他講關於十八盤的事，見唐一明竟然住口不語，忙追問道：「將軍，你怎麼不說了？」

唐一明隨口道：「沒啥好說的，我也沒有怎麼爬過，都是坐著索道上來的。」

「將軍，啥叫索道？」一個士兵好奇地問道。

唐一明結巴地道：「索道嘛……索道就是一種乘坐的工具，可以從山腳一直坐到山頂，懸掛在半空中，沿途可以欣賞周圍的美景。」

黃二眨了眨他那隻獨眼，望著天空，似乎在幻想著索道的樣子。

「將軍，那你說的，豈不是會飛的馬？」一個士兵忍不住道。

唐一明不禁覺得好笑，一千多年後的東西，如果全部放到現在這個時代，恐怕這些人都會覺得很神奇。他略微點了點頭，淡淡說道：「大概就是那個樣子吧。」

說完，便站起身子，留給黃二等人無盡的遐想。

唐一明走到一塊石碑前，見上面刻著三個大字，那三個大字他自然認得，便是矗立在泰山之巔的「玉皇頂」。

他流覽了一眼那塊石碑，然後走到懸崖邊舉目四望，雲海茫茫，浩瀚無際，頓時感到心胸豁然開朗。

「啊……」唐一明控制不住心情的激動，大聲地喊了出來。

他走到黃二身邊，將手搭在黃二的肩膀上，望著遠處的雲海，說道：「小黃，咱們以後再也不用逃了，就在這裏住下，為驅逐胡虜奠定基礎。」

黃二扭過臉望著唐一明，見唐一明深邃的眼睛裏透著一股寒光，讓他不由得微微顫抖了一下。

「將軍，真的不用再走了嗎？」一個士兵問道。

唐一明重重地點點頭，道：「不錯，咱們一路逃過來，本以為南邊要比北邊好，可誰曾想南邊比北邊更糟。南也好，北也好，到處都是兵荒馬亂的，在哪裡都一樣，不如就在這裏安生立命算了。」

聽了他的話，所有士兵的心頭，都湧出一股極大的希望。

從泰山上下來後，天色已經很晚了，百姓和士兵都在吃著白天四處採來的野果、野菜，或是打獵打來的野獸的肉。五萬人對唐一明來說，是多麼龐大的一個數字，如果不能很好地解決這些人的吃飯問題，只怕會發生民變。

唐一明想，他要生存，就要去改變，不能一直指望著啃樹皮吃野菜，就算打獵能吃到肉，動物再多也有滅絕的時候；所以，他決心明天去附近看看有沒有什麼植物可以大面積推廣種植的。

他看到士兵和百姓混雜而坐，便訂立了三條軍規，以便約束士兵，保護百姓。第一，不許擅自侵擾百姓；第二，不許拿百姓的東西；第三，不許與百姓發生爭執，一切要以百姓為先，當好人民的子弟兵。另外，為了能使部隊更有紀律，唐一明也同樣制定了軍法：不聽號令者斬；以下犯上者斬；戰鬥中停止不前者斬；逃逸部隊者斬。

唐一明將此「三不四斬」的軍規公佈到全軍中，並且重新整理了軍隊，加強組織紀律性，讓士兵和百姓對他更信賴有加。

天剛濛濛亮的時候，唐一明便帶著一部分能勞作的百姓和士兵上山，扛著昨天他們砍來的樹木，準備在山上建造一個屬於他們自己的據點。

昨天上山的時候，唐一明大致流覽過，在半山腰有一片極大的空地，是一處斷台，左邊是一處茂密的森林，森林裏有一潭碧綠的湖水，湖水是山上的積雪融化而來；斷台的右邊是懸崖，站在那裏向遠處眺望，可以看見大半座山的景色，可謂風景宜人。

唐一明命人將左邊的森林砍伐出一片來，在那片土地上著手建造房屋。然後便帶著所有人進入森林裏尋食野果充饑，或到湖水邊捕魚，這種在山林的原始生活，對他來說，正是發揮他現代人智慧的時候。

森林確實是一座寶藏，蘊涵著自然界各式各樣的動植物，當他看到鮮紅誘人的桃子掛滿枝頭時，他的食欲被大大地刺激了。

從他來到這裏，直到現在還沒有吃過水果，這一大片的桃園，讓他無比興奮。他急忙摘下一個桃子，用手將桃子掰成兩半，大口地吃了起來。

「好甜！」唐一明咬下一口後，發出一聲稱讚。

其他的人見了，都紛紛摘取桃子，然後一番狼吞虎嚥。

唐一明一口氣吃了個飽，然後擦擦嘴，望見這一片偌大的桃園，心中泛起了疑惑。他看到一排排整齊的桃樹，每排桃樹中間都留著相等的縫隙，土壤也明顯被人翻動過。這一切讓他意識到，這片桃園是被人精心種植的。

他看看周圍幽靜的環境，道：「這座桃園明顯是有人種植的，也就是說，有人隱居在這泰山中。如此亂世，這種田園般的生活倒不失為一種逃避亂世的方法，大家都分頭找找，看看附近有沒有什麼房屋和人。」

其他人聽了，都點點頭，然後向四面八方找尋了出去。

唐一明獨自一人沿著桃園向前走，當他穿過那片桃園時，他看到不遠處有一間木屋，木屋的邊上有一條小溪，溪水正嘩啦啦地流動著。

「果然有人隱居在此。」

他邁開步子，向前走了幾米，便見從木屋裏走出來一個男子。

那男子見到他，沒有一點驚訝的表情，只是隨便瞥了一眼，便走到木屋邊的小溪那裏。

他見男子神態自若，旁若無人，不禁對他暗暗稱奇。

他快步走到男子身邊，見那男子穿著麻布短衣，正蹲在小溪邊捧起一把溪水洗臉，便向那個男子拱手說道：「你好！」

那個男子聽到唐一明的說話聲，站了起來，轉過身子，用袖子擦了擦臉上的溪水，拱手道：「你也好！」

唐一明見男子年紀比自己要大，身高也比自己還要高上幾寸。男子的膚色呈古銅色，臉部稜角分明，有若刀削斧刻，兩條又粗又重的眉毛，卻又斜斜上挑，帶出一種如劍的鋒銳；眉毛下面是一雙略略下陷的眼眶，如琥珀般明亮的雙眸中，飄起幾縷頓悟的世事和笑看紅塵的滄桑。

唐一明不禁對眼前這個英俊魁偉、雄姿勃勃的青年生出一絲好感，他聽到這個男子簡單地回答了他的話，一時竟然不知道該用什麼話來和他交談了。

男子見唐一明身上、胳膊上和腰上纏著血紅的布帶，給他的印象是個受傷的軍人，威武而又堅毅。

兩個人的目光相接，眼中都萌發一種似曾相識的感覺，讓兩人竟然都愣在那裏，誰也沒有說一句話。

良久唐一明才回過神來，臉上揚起笑容，對眼前的這個大個子說道：「我叫唐一明，誤闖先生的桃園，還偷吃了一些桃子，特來向先生請罪！」

那個男子呵呵地笑了起來，緩緩說道：「幾個桃子而已，吃了就吃了，沒什麼大不了的。在下王猛，字……」

「王猛？你叫王猛？」

唐一明臉上顯得很是興奮，他難以止住激動的心情，大聲地叫了出來。

請續看《帝王決》2 江山美人

帝王決 之1 帝國出擊

作者：水鵬程
發行人：陳曉林
出版所：風雲時代出版股份有限公司
地址：10576台北市民生東路五段178號7樓之3
電話：(02) 2756-0949
傳真：(02) 2765-3799
執行主編：朱墨菲
美術設計：許惠芳
行銷企劃：邱琮傑、張慧卿、林安莉
業務總監：張瑋鳳

初版日期：2017年8月
初版二刷：2017年8月20日
版權授權：蔡雷平
ISBN ：978-986-352-484-7
風雲書網：http://www.eastbooks.com.tw
官方部落格：http://eastbooks.pixnet.net/blog
Facebook：http://www.facebook.com/h7560949
E-mail：h7560949@ms15.hinet.net
劃撥帳號：12043291
戶名：風雲時代出版股份有限公司

風雲發行所：33373桃園市龜山區公西村2鄰復興街304巷96號
電話：(03) 318-1378
傳真：(03) 318-1378
法律顧問：永然法律事務所 李永然律師
　　　　　北辰著作權事務所 蕭雄淋律師

行政院新聞局局版台業字第3595號 營利事業統一編號22759935

定價：280元　特惠價：199 元

國家圖書館出版品預行編目資料

帝王決 ／ 水鵬程 著. -- 初版. -- 臺北市：
風雲時代，2017.07-　冊；公分

ISBN 978-986-352-484-7（第1冊；平裝）

857.7　　106009964